S0-AZE-359

De la ira al amor

Kate Hewitt

THE CHICAGO PUBLIC LIBRARY
ROGERS PARK BRANCH
6907-17 N. CLARK STREET
CHICAGO, ILLINOIS 60626

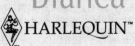

Bianca™

HARLEQUIN™

Editado por HARLEQUIN IBÉRICA, S.A.
Núñez de Balboa, 56
28001 Madrid

© 2008 Kate Hewitt. Todos los derechos reservados.
DE LA IRA AL AMOR, N.º 1905 - 4.3.09
Título original: The Italian's Bought Bride
Publicada originalmente por Mills & Boon®, Ltd., Londres.

Todos los derechos están reservados incluidos los de reproducción,
total o parcial. Esta edición ha sido publicada con permiso de
Harlequin Enterprises II BV.
Todos los personajes de este libro son ficticios. Cualquier parecido
con alguna persona, viva o muerta, es pura coincidencia.
® Harlequin, logotipo Harlequin y Bianca son marcas registradas
por Harlequin Books S.A.
® y ™ son marcas registradas por Harlequin Enterprises Limited y
sus filiales, utilizadas con licencia. Las marcas que lleven ® están
registradas en la Oficina Española de Patentes y Marcas y en otros
países.

I.S.B.N.: 978-84-671-6831-0
Depósito legal: B-2738-2009
Editor responsable: Luis Pugni
Preimpresión y fotomecánica: M.T. Color & Diseño, S.L.
C/. Colquide, 6 portal 2 - 3º H. 28230 Las Rozas (Madrid)
Impresión y encuadernación: LITOGRAFÍA ROSÉS, S.A.
C/. Energía, 11. 08850 Gavá (Barcelona)
Fecha impresion para Argentina: 31.8.09
Distribuidor exclusivo para España: LOGISTA
Distribuidor para México: CODIPLYRSA
Distribuidores para Argentina: interior, BERTRAN, S.A.C. Vélez
Sársfield, 1950. Cap. Fed./ Buenos Aires y Gran Buenos Aires,
VACCARO SÁNCHEZ y Cía, S.A.
Distribuidor para Chile: DISTRIBUIDORA ALFA, S.A.

R0421422847

Capítulo 1

STEFANO Capozzi estaba en la consulta de uno de los psiquiatras más prestigiosos de Milán, con los ojos brillantes en un rostro que parecía de piedra.

–Han pasado ocho meses –dijo Stefano–. Ocho meses de todos los tratamientos disponibles, y no ha habido ningún cambio.

Renaldo Speri, que tenía el informe encima del escritorio sonrió comprensivamente.

–No puede esperar una cura milagrosa, *signor* Capozzi. Es posible que no haya cura alguna –agregó mirando a Stefano.

Stefano agitó la cabeza.

–No me resigno.

Había ido a Milán en busca del mejor terapeuta para la criatura que tenía a su cargo, y lo conseguiría.

Speri se pasó la mano por el pelo y suspiró.

–*Signor* Capozzi, tiene que contemplar la posibilidad real de que Lucio esté afectado de un desorden generalizado del desarrollo...

–No.

Lucio llevaba ocho meses de silencio y estrés, pero él no lo aceptaría. Estaba acostumbrado a los obstáculos, y los personales no podían ser distintos ni más difíciles que los profesionales.

–Lucio era normal antes de que muriese su padre. Era como cualquier otro niño...

–El autismo se manifiesta a menudo a los tres años de edad... –le explicó Speri–. Lucio hablaba muy poco antes de la muerte de su padre, y perdió completamente la capacidad de comunicarse en los meses posteriores.

Stefano alzó una ceja en señal de escepticismo.

–¿E intenta convencerme de que ambas cosas no están relacionadas?

–Estoy intentando decirle que es una posibilidad –contestó Speri, con la voz tensa–. Por más que le resulte difícil de aceptar.

Stefano se quedó en silencio un momento.

–Para el autismo no hay cura –dijo finalmente.

Se había ocupado de averiguarlo. Había leído y visto estadísticas.

–Hay terapias, dietas, que alivian los síntomas –dijo Speri serenamente–. Depende de en qué fase de la enfermedad se encuentra...

–No está en ninguna fase.

–*Signor*...

–No me conformaré con esto –dijo Stefano mirando al psiquiatra.

Después de un momento, Speri levantó sus manos en un gesto de derrota.

–*Signor* Capozzi, hemos intentado todo tipo de terapias y como recordará, no habido cambio alguno. Si acaso, Lucio se ha sumergido más en su mundo amurallado. Si éste fuera un caso normal de duelo...

–¿Qué tiene de normal un duelo?

–El proceso de un duelo es normal –dijo Speri–.

Y aceptado. Pero el comportamiento de Lucio no es normal, y después de las terapias debería haber signos de mejora en la comunicación. Y no habido ninguno.

En su regazo, fuera del alcance de la vista, Stefano apretó la mano.

—Eso lo sé.

—Entonces acepte que el niño podría estar las primeras fases del autismo, ¡y diríjase a las terapias y tratamientos adecuados!

Stefano se quedó en silencio. Apoyó la mano en el escritorio deliberadamente. Cuando la madre de Lucio, Bianca, le había pedido ayuda, que fuera a Milán y le dijera a «esos médicos» que su hijo no era autista, Stefano había aceptado. Había confiado en el criterio de Bianca entonces, pero ahora sentía el primer atisbo de duda.

Haría cualquier cosa por Bianca, cualquier cosa por Lucio. Su familia lo había salvado años atrás, lo había sacado del fango en su infancia, y le había dado las pautas y herramientas para ser el hombre que era en aquel momento.

Él no lo olvidaría jamás.

—Debe de haber algo que no hayamos intentado —dijo Stefano finalmente—. Antes de que aceptemos este diagnóstico.

—Los psiquiatras involucrados en un diagnóstico de autismo son muy concienzudos —dijo Speri—. Y competentes. No formulan un juicio como éste a la ligera.

—De acuerdo. Pero no obstante... ¿Se puede hacer algo más?

Speri se quedó en silencio un momento.

–Sí –dijo finalmente–. Hay una terapeuta que tuvo éxito con un niño al que se le había diagnosticado autismo. Un diagnóstico erróneo, al parecer. El niño había sufrido un trauma que los especialistas no habían detectado, y cuando quedó al descubierto, el niño recuperó el habla.

Stefano sintió una punzada de esperanza.

–Entonces, ¿Lucio no podría ser un caso como el de ese niño? –preguntó.

–No quiero darle falsas esperanzas –dijo Speri, escéptico–. Ése fue un caso excepcional...

Stefano lo interrumpió.

–¿Quién es la terapeuta?

–Es una terapeuta que trabaja a través del arte –respondió Speri–. A menudo las terapias creativas ayudan a los niños a expresar emociones y recuerdos reprimidos, que era el caso de este niño. Sin embargo, los síntomas de Lucio son más graves...

–Terapias creativas... –repitió Stefano. No le gustó cómo sonaba aquello. Parecía algo abstracto, absurdo–. ¿Qué quiere decir exactamente?

–La terapeuta usa el arte como vía para expresar los sentimientos, ya sea a través de la pintura, la canción o la representación. En algunos casos el arte puede ser la llave que libere las emociones de un niño al que no se puede llegar de otra manera.

«Abrir», pensó Stefano. Era una palabra que le parecía apropiada si recordaba el rostro inexpresivo de Lucio y su mirada vacía. Y su mutismo. Hacía casi un año que no pronunciaba una sola palabra.

–De acuerdo, entonces. Intentaremos eso. Quiero que esa terapeuta se ocupe del caso de Lucio.

–Ése fue un caso solo... –empezó a decir Speri.

Stefano lo silenció alzando la mano.

–Quiero ponerme en contacto con esa terapeuta.

–Vive en Londres. Me enteré del caso por una revista de psiquiatría y mantuve correspondencia brevemente con ella. Pero no sé...

–¿Es inglesa? –preguntó Stefano, decepcionado.

¿De qué podría servirle a Lucio una terapeuta inglesa?

–No, no se la habría mencionado si fuera así. Es italiana, pero hace mucho tiempo que no vive en Italia.

–Vendrá –dijo Stefano firmemente.

Él se aseguraría de ello. Le ofrecería todos los incentivos que ella necesitase.

–¿Cuánto tiempo trabajó con ese otro niño?

–Unos pocos meses...

–Entonces quiero que esté en Abruzzo, con Lucio, lo antes posible –Stefano habló con una seguridad que impresionó al psiquiatra.

–*Signor* Capozzi, ella debe de tener otros pacientes, responsabilidades...

–Puede deshacerse de ellos.

–No es tan sencillo.

–Sí, lo es. Lo será. A Lucio no se lo puede mover. Eso lo perturbaría mucho. La psiquiatra vendrá a Abruzzo. Y se quedará.

Speri se movió en el asiento, incómodo.

–Eso tendrá que negociarlo con ella, por supuesto. Una terapia tan intensa podría ser muy beneficiosa, aunque no hay garantías, pero puede resultar muy cara...

–El dinero no es problema –dijo Stefano.

–Naturalmente –Speri miró su datos.

Stefano sabía que el médico tendría su propio currículum: Stefano Capozzi, fundador de Capozzi Electrónica, y comprador de una docena de compañías electrónicas a las que había sacado a flote. No tenía rival.

–Le daré los datos de la terapeuta –suspiró Speri–. Tengo su artículo sobre el caso que le mencioné aquí, en mi despacho. Le diré que es joven, ha hecho sus prácticas hace poco tiempo y tiene relativamente poca experiencia. Pero por supuesto aquel caso ha sido notorio...

–¿Ese niño se recuperó? ¿Volvió a hablar? –preguntó Stefano.

Vio el brillo de compasión, ¿o era pena?, en los ojos del psiquiatra.

–Sí –dijo Speri serenamente–. Pero no es tan sencillo, *signor* Capozzi. Y Lucio podría ser diferente. Podría ser...

–Deme los datos de la terapeuta, por favor...

Él no esperaba que las cosas fueran sencillas. Sólo quería que empezaran.

–Un momento... ¡Ah! Aquí está el artículo que le mencioné –sonrió y le dio a Stefano la revista de psiquiatría, abierta en el artículo–. Aquí está la terapeuta... Una foto muy bonita, ¿no cree? Se llama Allegra Avesti...

Stefano no escuchó lo último que dijo Speri, porque no le hacía falta. Conocía el nombre de la mujer. La conocía.

O al menos la había conocido.

Allegra Avesti. La mujer que debía haber sido su esposa. La mujer que ya no conocía.

Su preocupación por Lucio desapareció de su

mente por un momento mientras miraba la foto y leía la nota a pie de ella: *Allegra Avesti, Terapeuta a través del arte, con su paciente.*

A la mente de Stefano acudieron recuerdos largamente sumergidos. Pero él los reprimió mientras dirigía la mirada a la foto. Vio que ella estaba más madura, más delgada. Estaba sonriendo en la foto, con sus ojos castaños brillantes mientras miraba a la criatura que tenía a su lado, en cuyas manos tenía un trozo de arcilla.

Su cabeza estaba inclinada hacia un lado, y su cabello era una cascada luminosa y dorada recogida en un moño descuidado, del que se escapaban unos mechones que rodeaban su mejilla y su hombro.

Le brillaban los ojos y tenía una amplia sonrisa, llena de esperanza. Casi podía oír las campanas de su alegría. Tenía hoyuelos, notó. No lo había notado entonces. ¿Sería que no se había reído así en su presencia?

Tal vez no.

Stefano miró la foto. El fantasma de una muchacha que había conocido una vez, la imagen de una mujer que no conocía.

Allegra.

Su Allegra... Pero ya no lo era, lo sabía. Lo había sabido cuando había desaparecido. Para siempre.

Stefano cerró la revista y se la dio a Speri. Pensó en Lucio. Sólo en Lucio.

—Una foto muy bonita, sí —dijo Stefano—. Me pondré en contacto con ella.

Speri asintió.

—Y si por alguna razón ella está ocupada, habla-

remos de posibles alternativas... –comentó el psiquiatra.

Stefano asintió bruscamente. Sabía que Allegra
no estaría ocupada. Él se aseguraría de que no lo estuviera. Si ella era la mejor terapeuta para Lucio, la
tendría.

Aunque se tratase de Allegra.

El pasado no importaría si se trataba de ayudar a
Lucio. El pasado no afectaría en absoluto.

Allegra Avesti se miró en el espejo del aseo de
señoras en el hotel Dorchester e hizo una mueca de
disgusto. Había querido recogerse el cabello en un
moño descuidado y elegante, pero al parecer sólo
había logrado la primera parte del plan.

Al menos su vestido estaba bien, reflexionó con
satisfacción. Un vestido de seda gris, con un amplio
escote y dos finos tirantes. Era elegante y sexy, sin
ser demasiado atrevido.

Había costado una fortuna, mucho más de lo que
ella se podía permitir con su sueldo de terapeuta. No
obstante quería estar elegante para la boda de su
prima Daphne. Quería sentirse bien.

Como si encajase con aquel ambiente.

Pero ella sabía que no encajaba. Sinceramente,
no. No desde la noche en que ella se había marchado
de su boda y había dado plantón a todo el mundo.

Con un pequeño suspiro, agarró una barra de labios de su bolso. No pensaba nunca en aquella noche. Había decidido no pensar nunca más en ella, en
el sueño destruido, en el corazón roto. En el engaño,
en el miedo.

Sin embargo la boda de su prima le había traído al recuerdo su propia casi boda. Y había tenido que hacer un gran esfuerzo para volver a guardarla en la caja en donde quería guardar esos recuerdos. Esa vida.

La boda había sido hermosa, una ceremonia iluminada con velas en una pequeña iglesia de Londres. Daphne con su rostro en forma de corazón, su voz suave y su nube de cabello oscuro, estaba hermosa. Su marido, un persona de mucho talento y ambición en una empresa publicitaria en la City, le parecía un hombre demasiado seguro, para el gusto de Allegra. Pero ella esperaba que su prima hubiera encontrado la felicidad. El amor. Si esas cosas podían encontrarse.

Sin embargo, durante la ceremonia, ella había escuchado las promesas de matrimonio con cinismo poco disimulado.

—«¿Prometes amarla, honrarla y protegerla, y, por encima de todo, serle fiel hasta que la muerte os separe?»

Al oír aquellas palabras Allegra no pudo evitar pensar en su propia boda, la boda que jamás había ocurrido, las promesas que ella no había pronunciado.

Stefano no la había amado, no la hubiera honrado... ¿La habría protegido? Sí, pensó cínicamente. Eso, sí. ¿Le habría sido fiel? Lo dudaba.

Pero ella todavía había sentido, sentada en aquella iglesia tenuemente iluminada, una punzada de añoranza no identificable, algo casi como un arrepentimiento.

Excepto que no se arrepentía de nada. Ciertamente no lamentaba haber dejado a Stefano. Aunque su tío, y algunas veces la sociedad, parecían culparla de aquel fiasco. Pero Allegra sabía que el fiasco habría sido quedarse.

Por suerte era libre, se dijo firmemente. Era libre y feliz.

Allegra se alejó del espejo. Había sobrevivido a la boda de Daphne, escabulléndose casi todo el tiempo para que no pudieran acorralarla con preguntas. No estaba de ánimo para hacer relaciones sociales. Estaba un poco melancólica y no tenía ganas de charlar, reír y bailar.

Había ido por Daphne y su tía Barbara, a quienes quería, pero su relación con su tío George siempre había sido tensa.

Apenas había hablado con su tío en los siete años que llevaba en Londres. Ella se había refugiado brevemente en casa de su tío cuando había huido de Italia, y las escasas conversaciones que había tenido con él habían sido, como poco, incómodas.

Allegra se irguió y salió del aseo. Había sido un día agotador. Había estado corriendo todo el día en el hospital, atendiendo caso tras caso sin esperanza. No había habido ninguna tregua. Aquel día, no.

El banquete se celebraba en la sala Orchid Room, con sus paredes pintadas de delicado azul y su techo ornamentado. Habían contratado a un cuarteto de cuerda que se encontraba cerca de la pista de baile, y los camareros circulaban con bandejas con entremeses y burbujeante champán.

Allegra miró a la resplandeciente gente y alzó la barbilla. No estaba acostumbrada a aquello. Ella no iba a fiestas.

La última fiesta a la que había asistido, una fiesta como aquélla, con toda la sociedad presente, había sido la de su compromiso. Ella había llevado un vestido rosa vaporoso y unos zapatos de tacón de aguja que le habían hecho daño en los pies. Pero había estado tan feliz... Tan excitada.

Allegra agitó la cabeza para borrar aquel pensamiento, aquel recuerdo.

¿Por qué permitía que aquellos recuerdos penetrasen su memoria como fantasmas de otra vida?

¿Por qué se acordaba de aquellos días en aquel momento?

Debía de ser por la boda de su prima, pensó. Era la primera a la que iba después de que hubiera abandonado la suya.

«Olvídalo», se dijo. Y agarró una copa de champán de una de las bandejas que circulaban y se abrió paso entre la gente. La boda de su prima estaba destinada a revolver algunos recuerdos desagradables. Por eso se sentía así.

Allegra tomó un sorbo de champán, dejó que las burbujas le hicieran cosquillas en la garganta y miró a la multitud.

–Allegra... Me alegro tanto de que hayas podido venir...

Allegra se dio la vuelta y vio a su tía Barbara, sonriendo. Llevaba un vestido color lima.

Allegra le sonrió cálidamente.

–Yo también me alegro de estar aquí –respondió ella, no muy sinceramente–. Me alegro tanto por Daphne...

–Sí... Serán muy felices, ¿no crees? –contestó su tía, mirando a su hija, que estaba charlando y sonriendo a su marido, quien le rodeaba los hombros con su brazo.

–Me temo que no sé mucho sobre el novio –dijo Allegra, tomando otro sorbo de champán–. ¿Su nombre es Charles, no?

–Charles Edmunds. Se conocieron en el trabajo. Sabes que Daphne ha sido secretaria en Hobbs and Ford, ¿no?

Allegra asintió.

Aunque su tío no quería que Allegra siguiera manteniendo contacto con su familia, aún hablaba por teléfono con Barbara muy de vez en cuando, y Daphne había desafiado a su padre varias veces quedando con Allegra para comer.

Allegra se había enterado en uno de esos encuentros de que Daphne tenía un trabajo como secretaria en una empresa de publicidad, a pesar de su evidente falta de cualificaciones. Las de su padre, al parecer, habían sido suficientes.

–Me alegro por ellos –dijo Allegra, mirando a Charles sonreír a su esposa.

Luego lo vio mirar el salón con una mirada fría, de hierro. ¿Estaría buscando contactos de negocios? ¿Socios?, se preguntó Allegra cínicamente.

Charles Edmunds era un hombre como la mayoría de ellos: frío, ambicioso, al acecho.

–¡Barbara! –exclamó su tío con voz cortante entre la gente. Ambas, Allegra y su tía se pusieron tensas mientras George Mason caminaba hacia ellas, con gesto de desagrado mientras miraba a su sobrina.

–Barbara, deberías ocuparte de los invitados –ordenó a su mujer.

Barbara dedicó una leve sonrisa de disculpa a Allegra. Ésta se la devolvió.

–Me alegro de verte, Allegra –murmuró Barbara–. No te vemos a menudo –agregó con desafío delante de su esposo.

George la conminó a marcharse, y Barbara se marchó.

Hubo un momento de tenso silencio, y Allegra se preguntó qué podía decirle a un hombre que hacía siete años la había echado de su casa. Las pocas veces que lo había visto desde entonces, en excepcionales ocasiones familiares, se habían evitado.

Ahora estaban cara a cara.

Su tío estaba igual que siempre, pensó mientras lo miraba distraídamente. Delgado, con el pelo cano, bien vestido, perfecto. Ojos fríos y boca prieta. Nada de humor.

–Gracias por invitarme, tío George –dijo finalmente Allegra–. Ha sido un detalle de tu parte...

–Tenía que invitarte, Allegra –respondió George–. Eres familia, aunque no te hayas comportado como tal en los últimos siete años.

Allegra tuvo que contenerse para no responderle. No había sido ella quien lo había echado, ni quien había hecho difícil el contacto con su familia.

El salir huyendo había sido su único delito, y su tío no dejaba de recordárselo.

Porque huyendo lo había avergonzado. Allegra todavía recordaba la furia de su tío cuando ella había aparecido, aterrada y agotada, en su casa.

–Puedes quedarte esta noche –le había dicho–. Pero luego te tienes que marchar.

–Tu tío tiene negocios con Stefano Capozzi –le

había explicado su tía, desesperada por que lo comprendiese y no lo juzgase–. Si sabe que te ha refugiado, Capozzi podría hacerle la vida muy desagradable, Allegra. Y hacérnosla a todos.

Había sido una visión desagradable de su ex prometido. Ella se había preguntado entonces si Stefano la perseguiría, si le haría desagradable la vida.

Pero no lo había hecho. Y que ella supiera, no le había hecho la vida imposible a su tío.

Ella a veces se preguntaba si aquélla no habría sido una excusa conveniente para que su tío se desentendiera de ella, sobre todo porque su huida había sido seguida rápidamente por la de su madre.

Su madre... Otra persona a la que Allegra no quería recordar.

–Yo necesité ayuda y tú me la diste. Y por ello te estaré eternamente agradecida –dijo Allegra.

–Y me lo demostrarás alejándote de mi vida –dijo George fríamente–. Y de la de Daphne. Tu prima ya está bastante nerviosa como para que tú...

Allegra sintió rabia.

–Ciertamente no quiero causar ningún malestar a mi prima. Saludaré y me iré lo antes posible.

–Bien –respondió él escuetamente antes de irse.

Allegra se irguió orgullosamente. Se sintió como si todo el mundo la mirase, condenándola, aunque ella sabía que no le importaba a nadie.

Excepto a su tío y a su familia.

Pasó un camarero y Allegra dejó la copa sin probar apenas.

Murmuró unas excusas mientras se movía por entre la gente y buscó un rincón del salón donde ocultarse, detrás de una palmera.

Respiró profundamente y miró a la gente. Nadie le estaba prestando atención, lo sabía, porque ella no era importante. Su marcha de Italia hacía siete años era escaso motivo de preocupación o de cotilleo en aquel momento.

Ella había estado apartada de la alta sociedad en los últimos años. Tenía dos trabajos para pagarse los estudios y vivía lejos, muy lejos, de aquella multitud glamurosa y su estilo de vida.

No obstante, a la gente que la conocía, a la que se suponía que la quería... Aún le afectaba lo que había sucedido hacía siete años. Y siempre sería así.

Pero aquello no tenía relevancia en su nueva vida, una vida que le gustaba. Marchándose aquella noche de hacía siete años, ella había ganado su libertad, pero el precio había sido muy alto.

Había sido un precio que había merecido la pena.

La música se fue apagando y Allegra vio que todo el mundo volvía a sus mesas. Iban a servir la cena.

Suspiró nuevamente y se acercó a la gente para encontrar la tarjeta con su nombre en las mesas. La habían puesto con un grupo que parecía tan incómodo como ella. Familiares distantes, que significaban una vaga incomodidad, compañeros de trabajo y amigos que había que invitar aunque no eran piezas fundamentales en la deslumbrante fiesta que George Mason había organizado para su hija.

Una terapeuta a través del arte con un pasado de poca reputación caía en esa categoría, pensó Allegra.

Saludó con un murmurado «hola» y ocupó su sitio entre una mujer entrada en carnes y un hombre de negocios.

La comida pasó entre conversaciones afectadas y silencios incómodos.

Y Allegra se preguntó cuánto tiempo más tendría que aguantar allí.

Quería ver a Daphne, pero con su marido al lado no creía que pudieran tener una conversación en confianza.

Recogieron los platos y su tío se puso de pie para hablar. Halagó a Charles Edmunds e hizo bromas sobre los negocios.

Poco después la música empezó a sonar otra vez, y Allegra se excusó de la mesa antes de que nadie pudiera sacarla a bailar. El ayudante de la oficina de Charles la había estado mirando con interés, y ella no tenía ni el más mínimo en él.

Allegra pasó por entre la gente.

Daphne estaba al lado de su marido, reluciente.

–Hola, Daphne... –dijo Allegra.

Su prima, con quien había pasado entrañables veranos en Italia, ahora la miraba preocupada.

–H... Hola, Allegra –dijo Daphne después de un momento, volviendo su mirada hacia su marido–. ¿Conoces a Charles?

Charles Edmunds sonrió fríamente.

–Sí, tu prima vino a nuestra fiesta de compromiso. ¿No lo recuerdas, cariño?

Charles lo dijo como si ella hubiera estropeado la fiesta.

–Daphne, sólo quería felicitarte –dijo Allegra–. Me temo que tendré que irme temprano...

–Oh, Allegra... –Daphne la miró con un gesto de alivio y de pena a la vez–. Lo siento...

–No te preocupes, estoy cansada de todos modos. He tenido un día agotador.

–Gracias –susurró Daphne.

Y Allegra se preguntó por qué le daba las gracias su prima. ¿Por haber ido? ¿Por marcharse pronto? ¿O simplemente por no haber hecho una escena?

Como si ella hiciera escenas. Una sola vez había hecho una, y no tenía intención de volver a hacerlo.

–Adiós –murmuró, y rápidamente le dio un beso a su prima en su fría mejilla.

Fue al vestíbulo y se dirigió al guardarropa. Entregó el número a la mujer y esperó a que ésta encontrase su abrigo barato entre los lujosos chales y abrigos.

–Aquí tiene, señorita.

–Gracias.

Estaba por ponérselo cuando oyó una voz, una voz segura y fría que penetró sus sentidos, su memoria y su alma.

Todos los recuerdos se despertaron al oírla.

–Hola, Allegra –dijo Stefano.

Capítulo 2

Siete años antes...

Al día siguiente era su boda, un día de vestidos de encaje y besos, de magia, de promesas, de alegría.

Allegra se puso la mano en el corazón. Fuera de la villa toscana, había caído la noche, posándose sobre las colinas púrpuras y trepando por los olivos.

Dentro, una lámpara dibujaba siluetas de luz y sombras. Allegra miró la habitación de su niñez: las almohadas rosas y los ositos de peluche apretados en su estrecha cama de niña, los libros infantiles prestados por sus primos ingleses, sus dibujos de pequeña enmarcados por su niñera, y por último, su vestido de novia.

Se rió de alegría. ¡Se iba a casar!

Había conocido a Stefano Capozzi hacía trece meses, en la fiesta en que celebraba su cumpleaños número dieciocho. Lo había visto cuando bajaba las escaleras con sus tacones de aguja nuevos. Él había estado esperando con sus ojos color ámbar llenos de promesas, y le había extendido una mano.

Ella había tomado su mano tan naturalmente como si lo conociera, como si hubiera esperado que él estuviera allí. Cuando él la había invitado a bailar, ella simplemente había ido a sus brazos.

Había sido tan fácil...

Y desde entonces no había habido ningún problema. Stefano le había pedido salir un montón de veces, a restaurantes y al teatro y a algunas fiestas locales. Le había escrito cartas desde País y Roma, cuando había estado de viaje por motivos de negocios, y le había enviado flores...

Y luego le había pedido que se casara con él, que fuera su esposa.

Ella se rió tontamente al pensarlo.

Oyó unas voces por la ventana y miró.

Una pareja se estaba besando apasionadamente. Él le estaba besando el cuello a ella. Stefano nunca la había besado así, pensó.

Siempre se había comportado muy caballerosamente con ella. Cuando la había besado había sido castamente, casi fraternalmente. Sin embargo el roce de sus labios la había hecho estremecer...

Sintió un calor en las mejillas y deseó ver a Stefano. Quería decirle... ¿qué?

¿Que lo amaba? Nunca se lo había dicho. Ni él tampoco. Pero eso no importaba. Seguramente él lo adivinaba en sus ojos cada vez que lo miraba. Y en cuanto a Stefano... ¿Cómo iba a dudarlo ella? Él la invitaba a salir, la cortejaba como un trovador. Por supuesto que Stefano la amaba.

No obstante ella quería verlo, hablarle, tocarlo.

Sintió que se ponía colorada, y se apartó de la ventana.

Una sola vez había visto a Stefano sin la camisa, cuando habían ido todos a nadar al lago. Y ella había visto su pecho desnudo, bronceado y musculoso, y luego había apartado la mirada.

Y sin embargo al día siguiente se iban a casar. Iban a ser amantes. Aun ella, educada en un internado de monjas, lo sabía.

Su mente intentó desviarse de las implicaciones, de las imposibilidades. Las imágenes que conjuraba su cerebro estaban borrosas, extrañas.

No obstante quería verlo. En aquel momento.

Stefano era una persona a la que le gustaba la noche. No creía que estuviera en la cama. Estaría abajo, en el estudio de su padre o en la biblioteca, leyendo alguno de sus viejos libros.

Intentaría encontrarlo.

Allegra tomó aliento y abrió la puerta de su dormitorio y caminó por el pasillo. El aire de septiembre era fresco, aunque tal vez fuera que ella estaba acalorada.

En el vestíbulo oyó voces desde la biblioteca.

–A esta hora, mañana, tendrás a tu esposa –dijo su padre, Roberto. Parecía muy satisfecho.

–Y usted tendrá lo que quiere –respondió Stefano.

Y Allegra se estremeció al oír su voz, fría, indiferente, distante.

Ella jamás lo había oído hablar en semejante tono.

–Sí. Éste es un buen trato de negocios para ambos, Stefano, hijo...

–Sí, lo es –dijo Stefano–. Me alegro de que usted se haya acercado a mí.

–Y no ha sido mal precio, ¿no? –agregó Roberto riéndose.

Allegra se estremeció al oír el tono de voz de su padre al hablar de ella.

–La madre de Allegra la ha criado bien –continuó Roberto–. Cuando te haya dado cinco o seis *bambinos* la puedes tener en el campo –se rió otra vez su padre–. Ella sabrá cuál es su lugar. Y yo conozco a una mujer en Milán... es muy buena.

–¿Sí?

Allegra no podía creerlo.

¿De qué estaban hablando?

«Arreglo de negocios», un trato, un éxito. Una mujer a la venta.

Estaban hablando de su matrimonio, pensó ella.

–Sí, lo es. Hay muchos placeres para el hombre casado, Stefano.

Stefano respondió con una risa.

–Eso creo.

Allegra cerró los ojos. Se sentía mareada.

Tomó aliento y trató de serenarse. Debía confiar. Debía haber alguna razón para que Stefano dijera aquellas cosas. Si ella se lo preguntaba, todo se aclararía. Todo volvería a ser igual.

–¡Allegra! ¿Qué estás haciendo aquí?

Ella abrió los ojos.

Stefano estaba delante de ella, con cara de preocupación, ¿o era disgusto?

–Yo... No podía dormir.

–¿Demasiado excitada, *fiorina*? –sonrió Stefano.

Y ella se preguntó si lo que veía en él era arrogancia en lugar de ternura.

–En menos de doce horas seremos marido y mujer. ¿No puedes esperar a entonces para verme? –Stefano le agarró la mejilla con la mano, y deslizó su pulgar para acariciarle los labios. La boca de ella se entreabrió involuntariamente y la sonrisa de Stefano se hizo más profunda–. Vete a la cama, Allegra. Sueña conmigo.

Stefano bajó la mano y se marchó, sin hacerle caso.

Allegra lo observó marcharse.

–¿Me amas? –preguntó torpemente Allegra.

En cuanto hizo la pregunta deseó haberse tragado las palabras. Porque habían sonado desesperadas, implorantes, patéticas.

Sin embargo era una pregunta razonable, ¿no? Se iban a casar.

Pero al ver el gesto de Stefano, la tensión de su cuerpo, ella sintió que no lo era.

–¿Allegra? –preguntó suavemente.

–Os he oído a papá y a ti... –susurró ella.

La expresión de Stefano cambió, y ella vio su mirada dura.

–Negocios, Allegra, negocios entre hombres. No es nada que tenga que preocuparte a ti.

–Parecía... Parecía tan...

–¿Tan qué?

–Frío –respondió ella.

Stefano alzó las cejas.

–¿Qué intentas decirme, Allegra? ¿Te has arrepentido?

–¡No! Stefano, sólo me preguntaba... las cosas que has dicho...

–¿Dudas de que te cuide? ¿De que te proteja y te dé lo que necesites? –preguntó él.

–No –dijo rápidamente Allegra–. Pero, Stefano, yo quiero más que eso. Quiero...

Él agitó la cabeza.

–¿Qué más?

Allegra lo miró sorprendida. Ella quería mucho más. Esperaba amabilidad, respeto, honestidad. El compartir la alegría y la risa, así como las tristezas y el dolor. Apoyarse mutuamente.

Pero ella vio la frialdad de Stefano, y supo que él no estaba pensando en esas cosas.

No existían para él.

—Pero Stefano...

Stefano alzó una mano para que no continuase.

—¿Me estás cuestionando el tipo de hombre que soy? —dijo finalmente él con tono despiadado.

—¡No! —exclamó Allegra, sintiendo que realmente sí lo estaba haciendo.

Y él lo sabía.

Stefano se quedó en silencio un momento, mirándola.

Y ella se dio cuenta de que él la trataba como a una niña a la que había que castigar o aplacar.

Y entonces se dio cuenta de que él siempre la trataba así. No como a una mujer o a una esposa.

—Vete a la cama, Allegra —él le quitó un mechón de pelo de la cara y se lo puso detrás de la oreja. Luego le acarició la cara—. Ve a la cama, novia mía. Mañana es nuestra boda. Un nuevo comienzo para nosotros.

—Sí... —susurró ella.

Aunque para ella aquello era más bien un fin.

—No tengas miedo.

Ella asintió. Se dio la vuelta y subió la escalera corriendo.

—¡Allegra! —oyó llamarla a su madre, Isabel.

—No... podía dormir —dijo Allegra entrando en su dormitorio.

Su madre la siguió.

–¿Qué ocurre? –le preguntó–. ¡Ni que hubieras visto a un fantasma!

–No ocurre nada –dijo Allegra rápidamente–. No podía dormir y he ido a beber un vaso de agua.

Isabel arqueó una ceja, y Allegra se puso nerviosa. No tenía miedo a su madre, pero no podía evitar ponerse nerviosa. Después de toda una vida de niñeras y colegios interna, a veces se preguntaba si la conocía.

Su madre observó su aspecto.

–¿Has visto a Stefano? –preguntó con tono inquisidor.

Allegra agitó la cabeza.

–No, no lo he visto.

–¡No me mientas, Allegra! –Isabel le agarró la barbilla con la mano–. Nunca has podido mentirme. Lo has visto. Pero, ¿qué ha sucedido? –y luego agregó con tono cruel–. ¿Se ha estropeado el cuento de hadas, hija mía querida?

Allegra no comprendía qué quería decir su madre, pero no le gustaba su tono. Aun así, se sentía atrapada, indefensa. Y sola.

Y necesitaba confiar en alguien, aunque fuera su madre.

–He visto a Stefano –susurró Allegra, reprimiéndose las lágrimas.

–¿Y? –preguntó su madre después de una pausa.

–Lo oí hablar con papá –Allegra cerró los ojos y agitó la cabeza.

–¿Y? –preguntó su madre impacientemente.

–¡Ha sido todo un acuerdo de negocios! Stefano no me ha amado nunca.

Su madre la miró con frialdad.

—Por supuesto que no.

Allegra se quedó con la boca abierta mientras le robaban otra ilusión.

—¿Tú lo sabías? ¿Lo has sabido siempre? —preguntó Allegra.

Pero mientras lo hacía se preguntaba de qué se sorprendía. Su madre nunca había sido su confidente, y no parecía disfrutar de su compañía. ¿Por qué no iba a estar al tanto de todo? ¿Por qué no iba a ser parte del sórdido trato de entregar una esposa, de vender una hija?

—Oh, Allegra, eres tan niña... —dijo Isabel—. Por supuesto que yo lo sabía. Tu padre vio a Stefano antes de tu dieciocho cumpleaños y le sugirió la boda contigo. Él necesita nuestras conexiones sociales, y nosotros, su dinero. Ése fue el motivo de que viniera a tu cumpleaños. Ése ha sido el motivo de que tuvieras una fiesta.

—¿Sólo para que lo conociera?

—Para que él te conociera —la corrigió Isabel—. Para que viera si tú eras apropiada. Y lo eras.

Allegra dejó escapar una risa salvaje.

—¡Yo no quiero ser apropiada! ¡Quiero ser amada!

—¿Como Cenicienta? —preguntó su madre con amargura—. ¿Como Blancanieves? La vida no es un cuento de hadas, Allegra. No lo ha sido para mí ni lo será para ti.

Allegra se apartó.

—Tampoco estamos en la Edad Media —respondió Allegra con voz temblorosa—. Hablas de esto como... si la gente pudiera vender novias...

—Las mujeres como nosotras, bien situadas, ricas,

tenemos que aceptar estas cosas. Stefano parece un buen hombre. Sé agradecida.

«Parece», pensó Allegra. Pero, ¿lo era?

Se dio cuenta de que no lo conocía en absoluto.

—Es un hombre honorable —agregó Isabel—. Te ha tratado bien hasta ahora, ¿no es así? —hizo una pausa—. Podría ser peor.

Allegra se giró a mirar a su madre, su fría belleza transformada por un momento por el odio y la desesperación. Pensó en las palabras de su padre: «Conozco a una mujer en Milán», y se estremeció interiormente.

—¿Como te ha sucedido a ti? —preguntó en voz baja.

Isabel se encogió de hombros.

—Como tú, yo no tuve elección.

—Papá habló... Stefano dijo cosas...

—¿Sobre otra mujer? —Isabel adivinó con una risa dura—. Te alegrarás de ello al final.

—¡Nunca! —exclamó Allegra.

—Créeme —contestó Isabel.

Allegra sintió la necesidad de preguntar:

—¿Has sido feliz alguna vez?

Isabel se encogió de hombros otra vez, cerró los ojos un momento.

—Cuando llegaron los *bambinos*...

Sin embargo su madre no había parecido disfrutar de su papel de madre. Allegra era hija única y había sido criada con niñeras e institutrices toda la vida, hasta que había ido al colegio interna.

¿Sería suficiente la esperanza de hijos para soportar un matrimonio frío sin amor? ¿Un matrimonio que ella había creído que era, hasta hacía un momento, la culminación del amor?

–No puedo hacerlo.

Su madre le dio un bofetón. Allegra se quedó en estado de shock. Era la primera vez que le pegaban.

–Allegra, te vas a casar mañana.

Allegra pensó en la iglesia, en la comida, en los invitados, las flores... Los gastos.

Pensó en Stefano.

–Mamá, por favor –susurró ella con la mano en la cara, usando un tratamiento que sólo había usado de pequeña–. No me obligues.

–No sabes lo que dices –respondió Isabel–. ¿Qué puedes hacer, Allegra? ¿Para qué te han preparado además de para casarte y tener hijos, planear menús y vestirte elegantemente? ¿Eh? ¡Dime! ¡Dime! –la voz de su madre se alzó, furiosa–. ¿Qué?

Allegra miró a su madre, con la cara pálida.

–Yo no tengo por qué ser igual que tú –susurró.

–¡Ja! –Isabel se apartó.

Allegra pensó en las palabras de Stefano, en sus pequeños regalos, y se preguntó si todo había sido calculado.

La había comprado como a una vaca o a un coche, como a un objeto para ser usado.

A él no le había importado lo que pensara ella. Ni siquiera se había molestado en decirle la verdad sobre su matrimonio, la verdad de su cortejo.

Allegra sintió que algo se cristalizaba en su interior, y entonces comprendió.

Ahora comprendía lo que era ser una mujer.

–No puedo hacerlo –dijo serenamente–. No lo haré –agregó sin temblar.

Su madre se quedó en silencio un momento. Allegra no pudo evitar sentir esperanza. Pero no quería ilusionarse demasiado. ¿Cómo iba a ayudarla su madre, una mujer que la había ignorado y apenas le había dedicado tiempo?

Finalmente Isabel dijo:

—Si este matrimonio no sigue adelante destruirás a tu padre. Totalmente —agregó con tono de satisfacción.

—Me da igual —dijo Allegra—. Él me ha destruido manipulándome, ¡dándome!

—¿Y Stefano? —preguntó Isabel—. Se sentirá humillado.

Ella había creído que lo había amado, ¿o se había sentido fascinada por el cuento de hadas como había dicho su madre?

La vida no era así. Ahora lo sabía.

—No quiero montar un espectáculo —susurró Allegra—. Quiero irme sin escándalo. Podría escribirle una carta a Stefano, explicándoselo. Y que tú se la des mañana... Díselo a papá...

—Sí. Eso puedo hacerlo —achicó los ojos Isabel—. Allegra, ¿puedes renunciar a esto? ¿A tu casa, tus amigos, la vida a la que has estado acostumbrada? No se te permitirá volver... Yo no voy a arriesgar mi posición por ti.

Allegra pestañeó al oír la fría advertencia de su madre. Miró su habitación. De pronto todo le pareció tan hermoso y preciado... Tan fugaz. Se sentó encima de la cama abrazada a su osito de peluche. En su mente oía la voz de Stefano, cálida y confiada.

«Mañana es un nuevo comienzo para nosotros».

Tal vez estuviera equivocada. Quizás estuviera reaccionando desproporcionadamente. Si hablase con Stefano y le preguntase...

¿Preguntarle qué? Él no le había dicho que la amaba.

Y no obstante, ¿qué futuro había para ella sin Stefano?

—No sé qué hacer —susurró—. Mamá, no sé... —miró a su madre con ojos llenos de lágrimas, esperando que aquella vez su madre la tocase, que la consolase. Pero no hubo ningún consuelo de su madre, como jamás lo había habido.

Allegra respiró profundamente.

—¿Qué habrías hecho tú? ¿Si tuvieras la oportunidad de volver en el tiempo? ¿Te habrías casado con papá?

Su madre la miró con gesto duro:

—No.

Allegra se sorprendió.

—Entonces, ¿no ha merecido la pena, al final? Ni con hijos... conmigo...

—Nada vale más que tu felicidad —dijo Isabel.

Allegra agitó la cabeza. Era la primera vez que oía a su madre hablar de felicidad. Siempre hablaba de deber, de familia, de obediencia.

—¿De verdad te importa mi felicidad? —preguntó Allegra con esperanza.

Su madre la miró con frialdad.

—Por supuesto que sí.

—¿Y crees que sería más feliz...?

—Si quieres amor... —la interrumpió Isabel—. Entonces, sí. Stefano no te ama.

Allegra miró a su madre.

—Pero, ¿qué haré? ¿Adónde iré?

—Eso déjamelo a mí —su madre se acercó a ella, le agarró los hombros—. Será difícil. No serás bienvenida en nuestra casa. Yo podré enviarte un poco de dinero, eso es todo.

Allegra se mordió el labio y asintió. Su determinación de actuar como una mujer, de elegir por sí misma, la llevó a aceptarlo.

—No me importa.

—Mi chófer puede llevarte a Milán —continuó Isabel—. Me hará ese favor. Y de ahí puedes tomar un tren a Inglaterra. Mi hermano George te ayudará cuando llegues, pero no mucho tiempo. Después de eso... —la miró a los ojos—. ¿Puedes hacerlo?

Allegra pensó en su vida protegida, jamás había ido sola a ningún sitio, no había tenido planes ni destrezas.

Lentamente dejó el osito de peluche en la cama, junto a su infancia, y alzó la barbilla.

—Sí. Puedo hacerlo.

Con manos temblorosas hizo el equipaje en un solo bolso, mientras su madre la observaba.

Tuvo un momento de debilidad cuando vio en el comodín los pendientes que Stefano le había regalado. Se los había regalado para que los usara con el traje de novia.

Eran lágrimas de diamantes, antiguos y elegantes. Le había dicho que no veía la hora de vérselos puestos. Ahora ella ya no se los pondría.

—¿Estoy haciendo lo que debo? —susurró Allegra.

Isabel se inclinó y cerró la cremallera de su bolso.

—Por supuesto que sí —contestó—. Allegra si pensara que puedes ser feliz con Stefano, te diría que te quedes, que te cases y que intentes tener una buena vida. Pero tú nunca has querido una buena vida, ¿no

es verdad? Tú quieres algo grande. El cuento de hadas –sonrió su madre cínicamente.

Allegra se reprimió unas lágrimas.

–¿Y eso está tan mal?

Isabel se encogió de hombros.

–Poca gente consigue el cuento de hadas. Y
ahora, escríbele algo a Stefano, para explicarle.

–¡No sé qué decirle!

–Dile lo que me has dicho a mí. Que te has dado
cuenta de que él no te ama, y que tú no estás preparada para casarte si no hay amor en el matrimonio
–Isabel agarró un papel y un bolígrafo del escritorio
de Allegra y se los dio a su hija.

Querido Stefano..., empezó a escribir Allegra, y
unas lágrimas se deslizaron por sus mejillas.

–¡No sé qué hacer! –exclamó.

–¡Por el amor de Dios, Allegra! ¡Tienes que empezar a actuar como una adulta! –Isabel le quitó el
bolígrafo de las manos–. Mira, yo te diré qué puedes
poner...

Isabel le dictó cada una de las palabras mientras
las lágrimas de Allegra caían en el papel y corrían la
tinta.

–Asegúrate de que la recibe antes de la ceremonia. Así no... –dijo Allegra dándole la carta a su madre, pasándose la mano por las lágrimas.

–Lo haré –Isabel se metió la carta en el bolsillo
de su bata–. Y ahora debes irte. Puedes comprar el
billete en la estación. Hay dinero en tu bolso. Tendrás que quedarte en un hotel por una noche, por lo
menos, hasta que vuelva George.

Allegra abrió los ojos, grandes. Se había olvidado de que su tío se estaba alojando en la villa.

–¿Y por qué no puedo irme directamente con él? –preguntó.

–Eso quedaría fatal. Puedes quedarte en un hotel. Yo le contaré mañana lo que ha sucedido. Ellos estarán de regreso al día siguiente. Y ahora vete, antes de que te vea nadie.

Allegra sintió miedo. Al menos la boda con Stefano le había parecido algo seguro.

¿O habría sido la cosa más peligrosa del mundo, casarse con un hombre que ni la amaba ni la respetaba?

Ahora no se enteraría jamás.

–Mi chófer te está esperando fuera. Es preciso que no te vea nadie –Isabel le dio un leve empujón, lo más cercano a un abrazo que era capaz de dar, y le dijo–: ¡Vete!

Allegra agarró el bolso y se marchó. Su corazón latía tan deprisa que tenía la impresión de que lo escuchaban en toda la villa.

¿Qué estaba haciendo?

Se sentía como una niña traviesa que se estaba escapando. Pero era algo más serio que eso. Mucho peor.

Bajó la escalera sigilosamente. En un escalón crujió la madera, y ella oyó el ronquido lejano de su padre. Bajó de puntillas.

Cuando llegó a la puerta de entrada se encontró con que estaba cerrada con llave.

Por un momento sintió que era una excusa perfecta. Se volvería a la cama y se olvidaría de aquella locura. Cuando se dio la vuelta para volver a su habitación, oyó que la puerta se abría desde afuera. Alfonso, el chófer de su madre, estaba allí, alto, moreno, inexpresivo.

–Por aquí, *signorina* –susurró.

Allegra miró atrás, con añoranza por su hogar, su vida. No quería dejarla. Pero igualmente la dejaría al día siguiente. Y por una vida peor que aquélla.

Por lo menos ahora ella era la responsable de su destino.

–¿*Signorina?*

Allegra asintió.

Sin decir nada más, Alfonso le abrió la puerta del coche y Allegra se sentó en él.

Cuando el coche se alejó, ella miró su hogar por última vez, resguardada en la oscuridad. Sus ojos se posaron sobre la buganvilla, las contraventanas pintadas, todo tan querido... Isabel estaba de pie junto a la ventana de arriba, su pálido rostro se veía entre las cortinas, y Allegra vio su cruel sonrisa de triunfo, algo que a Allegra le oprimió el corazón, y la sorprendió.

Unas lágrimas se deslizaron por el rostro de Allegra, y su corazón se le salía del pecho de miedo. Entonces se apretó contra el asiento del coche mientras el vehículo se alejaba del único hogar que había conocido.

Capítulo 3

STEFANO notó que Allegra se ponía rígida y sus dedos se quedaban quietos encima de los botones de su abrigo barato. Estaba de lado, así que él podía ver su perfil perfecto, la línea de su mejilla, un mechón rubio oscuro que se le escapaba por el cuello.

Stefano había conseguido fácilmente una invitación del solícito Mason, y en principio, había ido allí con la intención de hablarle a Allegra sólo de negocios, para obtener la mejor atención profesional para Lucio. No le había importado el pasado, ni Allegra. Ella era simplemente un medio para un fin.

Pero ahora se había dado cuenta de que la historia entre ellos no podía borrarse tan fácilmente. Tenían que ocuparse del pasado, y rápidamente, fácilmente. O al menos, simular que así era.

Stefano se acercó y le dijo:

–¿No te irás tan pronto, no?

Él vio a Allegra darse la vuelta lentamente y mirarlo sorprendida, casi con temor de verlo allí.

Stefano sonrió y le quitó el abrigo de los hombros.

–¡Cuánto tiempo hace que no nos vemos! –comentó él, reprimiendo los recuerdos y las emociones que evocaban el encuentro.

Allegra lo miró y él vio a la muchacha que había conocido hacía años. Sintió una punzada de pena, ¿o era enfado?

Pero lo que importaba era Lucio. No Allegra.

Stefano sonrió y dijo:

–¿No quieres entrar a la fiesta conmigo?

Era normal que fuera un shock, pensó Allegra. Pero no había esperado que se sintiese tan afectada al verlo.

Aún se sentía atraída por él, algo que no había imaginado.

Miró con interés, casi con deseo, su elegante traje de seda italiano, su porte distinguido...

–Stefano... –dijo ella finalmente, recomponiéndose–. Sí ha pasado mucho tiempo. Pero en realidad me estaba yendo.

Ella había imaginado una escena como aquélla muchas veces, pero siempre había pensado encontrarse con un Stefano furioso, o indiferente. Jamás lo había imaginado sonriendo, como un viejo conocido que no quería más que conversar un rato y ponerse al tanto de sus vidas.

Pero tal vez eso era lo que eran. Siete años era mucho tiempo. Y además Stefano nunca la había amado. No le había roto el corazón, a diferencia de ella.

–Dame el abrigo, por favor –dijo Allegra intentando que no se le notase la irritación.

–¿Por qué te vas de la fiesta tan temprano? Acabo de llegar.

–Es posible. Pero yo me voy –respondió Allegra.

Y no pudo evitar agregar–: No sabía que conocías tanto a la familia de mi tío.

–Yo tengo negocios con tu tío –sonrió–. ¿No sabías que me habían invitado?

–No.

–Al parecer, tu relación con tu tío no está muy bien.

–¿Cómo sabes eso? –Allegra se sorprendió e irritó a la vez.

–Se oyen cosas. Supongo que tú también oirás comentarios...

–No sobre ti.

–Entonces permíteme que aproveche esta ocasión para ponerte al tanto –sonrió Stefano.

Allegra agitó la cabeza instintivamente.

No estaba preparada para aquello. Había esperado encontrar hostilidad, odio, o quizás indiferencia, pero no amistad.

Y ella no quería ser su amiga. No quería ser nada de él.

¿Por qué? ¿Estaba enfadada todavía? ¿Lo odiaba todavía? ¿Lo había odiado alguna vez?

–No creo que tengamos nada que decirnos, Stefano –comentó Allegra después de un largo silencio.

–¿No? –preguntó Stefano alzando las cejas.

–Sé que han pasado muchas cosas entre nosotros. Pero ya está todo olvidado y yo...

–Si está olvidado, entonces no tiene importancia, ¿no? ¿No podemos mantener una conversación como amigos, Allegra? A mí me gustaría charlar contigo.

Ella dudó. Por un lado no quería hablar con él; y por otro se daba cuenta de que hablar con él como si fuera un amigo era un modo de probarle a él, y a sí misma, que él no era más que eso.

–Ha pasado mucho tiempo –continuó él–. No conozco a nadie aquí, excepto a George Mason, y preferiría conversar con alguien con quien pudiera congeniar más. ¿No hablarías conmigo un rato? –sonrió con ojos brillantes Stefano–. Por favor...

Allegra volvió a dudar. Hacía años había dejado a Stefano, había dejado toda su vida porque él le había roto el corazón.

Y ahora era la ocasión de demostrarle a él y al mundo entero, incluida ella misma, que no lo había hecho, o que por lo menos había aprendido de la experiencia y ahora era más sabia, más fuerte, más feliz.

–De acuerdo –susurró Allegra, carraspeó y agregó–: De acuerdo, sólo unos minutos.

Stefano le puso la mano en la espalda y la guió nuevamente hacia el salón Orchid Room. Aunque apenas la había tocado, ella sentía un fuego por el contacto de aquellos dedos con la seda del vestido.

Durante su relación con él había deseado el contacto de sus cuerpos, aunque él no le había dado más que besos fraternales.

Y ahora su cuerpo la traicionaba, reaccionando a su presencia, y sus sentidos parecían despertarse del mero contacto de sus dedos.

–Te traeré una bebida –dijo él–. ¿Qué quieres beber? Limonada no, ¿verdad?

–No... –contestó ella, recordando lo niña que había sido–. Una copa de vino blanco, seco, por favor.

–De acuerdo.

Allegra lo vio desaparecer entre la gente hacia el bar, y resistió el deseo de marcharse de allí.

Pero tal vez aquello fuera lo que ella había estado

esperando todo aquel tiempo: demostrarle a Stefano que ya no era la niña tonta que había conocido, que se sentía afortunada porque alguien como él se hubiera enamorado de ella.

Ahora era una persona diferente. Había cambiado.

–Aquí tienes –dijo Stefano trayendo dos copas de vino en una mano–. Pensé que te habrías marchado...

¿Como hacía siete años?, pensó ella.

–Gracias –contestó ella y agarró la copa.

Stefano la miró, encogida en un rincón sombrío del salón de baile.

–¿Por qué te estás ocultando, Allegra?

–No me estoy ocultando –se defendió rápidamente–. Éste no es exactamente mi ambiente, eso es todo.

–¿No? Dime, ¿cuál es tu ambiente? Cuéntame cosas sobre ti.

Ella lo miró.

Stefano tenía la sonrisa fría de siempre. Tenía el pelo más corto y algunas canas en las sienes, los rasgos más marcados y duros, la mirada más dura también. O tal vez hubiera sido siempre así y ella no lo habría notado.

–Tienes una actitud amistosa. No era lo que esperaba de ti... –dijo ella.

Stefano rotó la copa de vino y contestó:

–Ha pasado mucho tiempo. A diferencia de tu tío, yo intento no guardar viejos rencores.

–Igual que yo –respondió Allegra.

Él sonrió.

–Entonces ninguno de los dos está enfadado, ¿no?

–No.

Ella no estaba enfadada. En realidad no sabía lo que sentía. No era el dolor agudo de hacía años, pero no estaba segura de que no le revolviera la herida.

Pero tal vez su corazón se hubiera curado, como intentaba demostrarle a él.

–Entonces, ¿qué has hecho en todos estos años? –preguntó Stefano.

–He estado trabajando aquí, en Londres.

–¿En qué? –preguntó él con tono neutro.

–Soy terapeuta.

Stefano levantó las cejas a modo de interrogación y Allegra continuó, con auténtico entusiasmo en su voz.

–Es un tipo de terapia que usa el arte para ayudar a la gente, generalmente a niños, a sacar a la superficie las emociones. En momentos de traumas, el expresarse a través de medios artísticos ayuda a liberar sentimientos y recuerdos que han sido reprimidos –ella lo miró, esperando ver un gesto de escepticismo.

Sin embargo se encontró con una mirada pensativa.

–¿Y te gusta lo que haces? ¿Esa terapia a través del arte?

–Sí. Te da muchas satisfacciones. Y es un desafío. Te da la oportunidad de cambiar la vida de un niño, ¡es increíble! Y estoy muy agradecida a ello –Allegra tomó otro sorbo de vino–. ¿Y tú?

–Todavía tengo mi empresa, Capozzi Electrónica. Hago menos investigaciones ahora que ha crecido. A veces echo de menos eso...

–Investigaciones –repitió Allegra, y sintió cierta vergüenza por no haber sabido que había hecho investigaciones. Él no se lo había dicho entonces y ella no se lo había preguntado.

–¿Qué tipo de investigaciones?

–Mecánicas sobre todo. Desarrollo nuevas tecnologías para mejorar la eficiencia de la maquinaria industrial.

–La verdad es que no sé nada de eso... –Allegra se rió y Stefano sonrió.

–La mayoría de las investigaciones no afectan a la vida diaria. Mis investigaciones se han centrado en maquinaria para la industria de la minería. Un campo muy selectivo.

–Capozzi Electrónica es un gran negocio... –dijo ella–. ¿no? He visto tu logotipo en muchas cosas: aparatos de CD, teléfonos móviles.

–He comprado unas cuantas compañías.

Ella iba a preguntar algo, pero él le quitó la copa de la mano y dijo:

–Suficiente... Ha empezado la música otra vez y me gustaría bailar. ¿Quieres bailar conmigo?

Le extendió la mano como lo había hecho en su dieciocho cumpleaños, cuando ella había bajado la escalera. Pero ella dudó esta vez.

–Stefano, no creo...

–Por los viejos tiempos.

–No quiero recordar viejos tiempos.

–Yo tampoco, ahora que lo pienso. Entonces, ¿qué te parece si por los nuevos tiempos? Por la nueva amistad.

Ella miró su mano bronceada y de dedos largos.

–¿Allegra?

Ella sabía que aquélla no era buena idea. Ella había querido charlar con Stefano como si fuera un viejo amigo, pero no quería bailar con él. No sabía si debía estar tan cerca de él.

Pero algo en su interior la impulsaba a querer saber cómo estaba junto a él, cómo reaccionaba a él. Era como si quisiera saber si todavía sentía la punzada de pena.

Finalmente asintió.

Stefano le agarró la mano y la llevó a la pista de baile.

Ella movió los pies en un intento de parodia de paso de baile. Las parejas bailaban a su alrededor, algunas más abrazadas, otras menos. Pero todos los miraban especulativamente.

–Esto no es un vals, Allegra –murmuró Stefano y tiró de ella suavemente hacia él.

Sus caderas se rozaban en un movimiento íntimo. Allegra sintió que su cuerpo se derretía. Turbada, se puso rígida y se echó atrás.

–Lo siento. No suelo bailar a menudo.

–Yo tampoco –respondió Stefano con los labios muy cerca de su oído y de su pelo–. Pero dicen que es como montar en bicicleta. No se te olvida nunca.

Stefano tenía las manos alrededor de su cintura.

–¿Te acuerdas de cuando bailamos? ¿O de tu dieciocho cumpleaños? –preguntó él con una medio sonrisa–. Te agarraste para no perder el equilibrio porque nunca habías usado zapatos de tacón.

Allegra agitó la cabeza y cerró los ojos antes de contestar:

–Era una niña...

–Es posible. Pero ahora no lo eres.

–No, no lo soy.

Bailaron en silencio, balanceándose, rozando sus caderas, sus muslos, sus pechos... Estaban demasiado cerca.

Ella no había esperado que fuera así. Sin embargo sentía como si hubiera esperado volver a verlo algún día.

–¿Qué estás pensando? –murmuró Stefano.

Allegra lo miró con los ojos entrecerrados.

–Lo extraño que es todo esto. Estar bailando contigo... otra vez.

–Es extraño. Pero no es desagradable, estoy seguro... –respondió él.

–Esperaba que me odiases –dijo ella. Abrió los ojos y esperó.

Él se encogió de hombros.

–¿Por qué iba a odiarte, Allegra? Ha pasado mucho tiempo. Eras muy joven, me temo. Tenías tus razones. Tampoco nos conocíamos demasiado, ¿no? Unas cuantas cenas, unos cuantos besos. Eso fue todo.

Allegra asintió, aunque sintió un nudo en la garganta. Él había descrito su relación reduciéndola a lo superficial y esencial. Y sin embargo para ella había sido la experiencia más profunda de su vida.

–¿Me odias? –preguntó Stefano con sorprendente candor.

Allegro alzó la mirada y vio en sus ojos un brillo que no supo interpretar.

–No –dijo sinceramente–. Lo he superado, Stefano –sonrió–. Fue hace mucho tiempo. Y yo me di cuenta de que nunca me mentiste. Yo sólo creí lo que quise creer.

–¿Y qué creíste?

–Que me amabas, tanto como yo te amaba.

Allegra se sintió por un momento como la muchacha de hacía siete años, delante de Stefano, preguntándole: «¿Me amas?»

Él no había contestado entonces, y no contestó en aquel momento.

Allegra dejó escapar un suspiro.

¿Qué había esperado? ¿Que él le dijera que la amaba?

Stefano no la había amado nunca, ni se lo había planteado.

Había sido la decisión acertada. Hubiera sido muy infeliz casándose con él.

Las palabras de Allegra resonaron en su cabeza mientras seguía bailando.

Se reprimió las ganas de apretarla más, y pensó cómo se habría sentido todos esos años pasados, si hubieran tenido la oportunidad.

Pero ella había tomado la decisión aquella noche, y él la había aceptado.

Había olvidado aquel episodio. O al menos quería olvidarlo por el bien de Lucio.

Lucio... Tenía que pensar en él.

No iba a pagarle a Matteo todo lo que había hecho por él descuidando su obligación con su nieto.

No dejaría que Allegra lo distrajese.

El pasado había sido superado.

Estaba olvidado.

Tenía que estarlo.

La música terminó y ellos dejaron de moverse. Stefano se apartó deliberadamente. Era el momento

de decirle a Allegra la razón por la que estaba allí,
por qué estaba bailando con ella y charlando con
ella.

Allegra sintió que Stefano la soltaba y sintió un
escalofrío. Por el rabillo del ojo vio a su tío mirarla.

Stefano miró a la gente y dijo:

–Esta gente no es de mi agrado, en realidad.
¿Qué te parece si vamos a tomar una copa a algún
sitio más agradable?

Allegra se sintió excitada y alarmada a la vez.

–No... Es tarde –respondió ella.

No sabía qué quería que hiciera Stefano, que tomase su indecisión como un «no» o que no aceptase
un «no» por respuesta.

–No son ni las diez –dijo Stefano con un tono
casi seductor–. Una copa, Allegra. Luego te dejaré
marchar.

–De acuerdo –contestó ella finalmente.

Stefano la sacó de la pista de baile y le dio su
abrigo.

–¿Adónde vamos? –preguntó él.

–Me temo que no conozco muchos sitios de la
noche de Londres.

–Yo tampoco. Pero conozco un bar tranquilo
cerca de aquí que parece muy agradable. ¿Qué te parece?

–Bien, estupendo...

Ella no vio que Stefano le hiciera ninguna seña al
portero, pero debió de habérsela hecho porque apareció un taxi. Stefano abrió la puerta del coche, ig-
norando al portero, e hizo pasar a Allegra.

En el coche sus muslos se rozaron, pero Stefano no se apartó. Y Allegra no sabía si le gustaba aquel contacto.

Hicieron el viaje en silencio, y Allegra se alegró. No le apetecía conversar.

Después de unos minutos, el coche paró frente a un elegante establecimiento del Mayfair. Stefano pagó al taxista y salió a ayudar a Allegra.

Su mano estaba cálida y ella sintió un calor en todo su cuerpo. Pero no podía dejar que él la atrajera tanto.

En el bar Stefano le preguntó:

—¿Pido una botella de vino tinto?

Allegra se mordió el labio.

—Creo que he bebido suficiente vino.

—¿Qué es una salida con amigos si no hay vino? —bromeó él—. Bebe sólo un poco si quieres, pero tenemos que brindar.

—De acuerdo —contestó ella.

Habría sido un poco remilgada si se hubiera sentado allí a beber agua mineral.

Stefano pidió el vino y se sentaron en dos sillones.

—¿Y? Me gustaría oír un poco más sobre lo que has hecho en estos años —dijo Stefano.

Allegra se rió.

—Eso es mucho.

—Eres una terapeuta a través del arte, me has dicho. ¿Cómo sucedió eso?

—Tomé clases.

—¿Cuando llegaste a Londres?

—Poco después.

El camarero apareció con el vino y ambos se quedaron en silencio mientras éste descorchaba la botella y lo servía. Stefano lo probó y le indicó al camarero que se lo sirviera a Allegra.

—Chin chin —dijo Stefano alzando la copa.

Ella sonrió y brindó.

Allegra todavía se sentía nerviosa en compañía de Stefano.

El verlo le traía recuerdos que había sepultado durante años.

Al parecer Stefano había superado los sentimientos hacia ella, cualesquiera que hubieran sido.

Y ella también, ¿no?, pensó.

—Háblame sobre esas clases que tomaste.

—No hay mucho que contar. Vine a vivir a Londres y estuve en casa de mi tío por un corto tiempo. Luego me busqué un trabajo y un sitio donde vivir, y cuando pude ahorrar dinero, me apunté a las clases por la noche. Me di cuenta de que me gustaba el arte, y me especialicé en la terapia por el arte. Terminé mis estudios hace dos años.

Stefano asintió, pensativo.

—Te has valido muy bien por ti misma. Debe de haber sido muy difícil empezar sola.

—No más difícil que la alternativa —contestó Allegra, y se puso colorada al darse cuenta de lo que implicaban aquellas palabras.

—La alternativa —contestó Stefano con una sonrisa forzada.

Allegra vio algo en sus ojos, pero no pudo definirlo. Y aquello la hizo sentirse incómoda.

—Cuando dices la alternativa te refieres a casarte conmigo.

–Sí. Stefano, casarme contigo me habría destruido. Mi madre me salvó aquella noche en que me ayudó a huir.

–Y se salvó a sí misma.

–Sí. Me doy cuenta ahora que lo hizo para sus propios fines, para avergonzar a mi padre. Me usó tanto como intentó usarme mi padre.

Un mes después de su llegada a Inglaterra, se enteró de la aventura de su madre con Alfonso, el chófer que había llevado a Allegra a la estación. Allegra ya había madurado bastante entonces para darse cuenta de cómo su madre la había manipulado para lograr sus fines. Quería humillar a un hombre al que despreciaba, el hombre que había acordado el matrimonio de Allegra.

¿Y qué había ganado Isabel con ello?

Cuando Isabel se había marchado, Roberto Avesti ya estaba en banca rota y su negocio, Avesti International, arruinado. Isabel no se había dado cuenta de la profundidad de la desgracia de su marido, ni del hecho de que aquello significaba que ella no tenía un céntimo.

Allegra se mordió el labio, queriendo escapar de aquella conversación que tantos malos recuerdos le traían.

–Yo tenía diecinueve años, era una niña, no sabía quién era ni qué quería.

–Yo podría haberte ayudado –dijo Stefano.

–No, no podrías haberlo hecho. No lo habrías hecho. Lo que querías en una esposa no era... la persona en la que yo me iba a convertir. Eso tuve que descubrirlo yo sola. En aquel momento no me daba cuenta de que había cosas que no sabía. Yo creía que era la muchacha con más suerte del mundo –agregó con amargura.

–Y algo te hizo darte cuenta de que no lo eras –dijo Stefano–. Sé que fue un shock para ti darte cuenta de que nuestro matrimonio estaba arreglado, como un asunto de negocios entre tu padre y yo.

–Sí. Lo fue. Pero no era sólo eso, lo sabes –dijo ella.

Stefano se sorprendió.

–¿No? ¿Qué era entonces? –preguntó Stefano con curiosidad.

–No me amabas –respondió Allegra, intentando que su voz sonase relajada–. No del modo que yo quería que me amasen –Allegra se encogió de hombros–. Pero ahora no importa, ¿no? Es un asunto pasado, como has dicho tú.

–Sí, así es. No obstante, debe de haber sido difícil para ti salir adelante sola, dejar a tu familia, tu hogar –Stefano hizo una pausa–. No has vuelto nunca, ¿verdad?

–He estado en Milán por razones profesionales –respondió Allegra, a la defensiva.

–Pero no en tu hogar.

–¿Y dónde está mi hogar exactamente? La villa de mi familia fue subastada cuando mi padre se declaró en bancarrota. Mi madre vive en Milán casi todo el tiempo. No tengo un hogar, Stefano.

Ella no quería hablar de su familia, de su hogar, de todas las cosas que había perdido en su desesperada huida. No quería recordar.

–¿Es Londres tu hogar? –preguntó Stefano con curiosidad cuando el tenso silencio se prolongó demasiado.

–Es un lugar tan bueno como otros, y me gusta mi trabajo.

–La terapia a través del arte –dijo él.

–Sí.

–¿Y no tienes amigos? –Stefano hizo una pausa y apretó la copa entre los dedos–. ¿Amantes?

Allegra sintió un escalofrío por la columna vertebral.

–Eso no es asunto tuyo –dijo ella.

Él sonrió.

–Sólo quería preguntarte si tienes vida social.

Ella pensó en algunos compañeros de trabajo y se encogió de hombros.

–Suficientes. ¿Y tú qué? –preguntó ella, incómoda con su interrogatorio.

–¿Yo qué?

–¿Tienes amigos? ¿Amantes?

–Suficientes –contestó Stefano–. Pero no amantes.

Aquella admisión la sorprendió tanto como le gustó. Un hombre tan viril, tan potente, tan atractivo había pensado ella que tendría montones de amantes.

Querría decir que en aquel momento no tenía amantes, pensó Allegra.

–¿Eso te complace? –preguntó Stefano, sobresaltándola.

–Eso no me importa.

–No, por supuesto que no, ¿cómo va a importar? –Stefano sonrió cínicamente–. Como no me importa a mí.

Allegra asintió, insegura. Aunque las palabras

eran las adecuadas, el tono tenía algo que no la convencía.

Ella vio algo en la mirada de Stefano, algo como enfado, y ella dejó su copa en la mesa.

—Quizás esto no haya sido buena idea. Pensé que podríamos ser amigos al menos por una noche, pero tal vez, aun después de tanto tiempo, no es posible. Sé que los recuerdos pueden herir.

Stefano se inclinó hacia adelante, y le agarró la muñeca para detenerla.

—Yo no estoy herido —dijo Stefano.

Allegra lo miró.

—No, tú no podrías estarlo, ¿verdad? La única cosa que se sintió herida aquella noche fue tu orgullo.

Él la quemó con la mirada.

—¿Qué estás diciendo?

—Que nunca me has amado. Simplemente me compraste.

Él agitó la cabeza.

—Eso es lo que decías en aquella carta, lo recuerdo...

Allegra pensó en esa carta, con su letra de niña y los borrones de tinta por las lágrimas, y se sintió humillada.

Él ni lo negaba. Pero eso daba igual ahora.

—Creo que debería irme —dijo ella en voz baja y Stefano la soltó—. No quería volver a hablar de todo esto. Habría sido mejor haberme marchado antes de que llegases a la fiesta.

Stefano la observó marcharse.

—Eso era imposible —dijo en voz baja.

–¿Qué quieres decir? –preguntó Allegra, sorprendida.

–Íbamos a encontrarnos de todos modos, Allegra. Vine a la fiesta, a Londres, a verte.

Capítulo 4

A MÍ? –preguntó Allegra.
Stefano notó la mezcla de emociones en su cara: shock, miedo, placer.

Sonrió. Se dio cuenta de que hasta en aquel momento ella quería la atención de él. Su contacto.

Y él no podía dejar de tocarla. Se sentía atraído por ella.

Quería tocar a la mujer a la que una vez había creído que podía amar.

«No me has amado nunca», recordó sus palabras. ¿Cuántas veces se lo había dicho Allegra?

¿Cuántas veces se lo había echado en cara?

No, no la había amado, no como ella quería en su mente de niña.

Pero eso ya no importaba ahora. El amor no era el asunto que lo ocupaba.

–Sí, a ti –contestó Stefano.

–¿Qué quieres decir?

–Sabía que estarías en esta boda, y quise que tu tío me invitase. No era difícil lograrlo. Sabía que le gustaría tenerme de invitado.

–¿Por qué? –susurró ella–. ¿Por qué querías verme, Stefano?

–Porque me han dicho que eres la mejor terapeuta a través del arte que hay en este país.

Allegra se echó atrás.

–Me parece que es un poco exagerado eso. Hace apenas dos años que terminé la carrera y las prácticas.

–El médico con el que hablé en Milán te recomendó sin reservas.

–Renaldo Speri –adivinó Allegra–. Estuvimos en contacto sobre un caso que tuvimos, un chico al que le habían diagnosticado por error como autista.

–¿Y no era autista?

–No. Estaba seriamente traumatizado por haber sido testigo del suicidio de su madre –ella hizo un gesto de dolor al recordarlo–. Fue un gran éxito, pero realmente no puedo llevarme los laureles. Cualquiera podría haber...

–Speri te considera la mejor. Y yo quiero la mejor para Lucio.

Allegra lo miró un momento. La mejor. O sea que volvía a ser una posesión, una ventaja. Como lo había sido hacía años.

Al menos el arreglo en aquel momento era mutuo.

–¿Por qué no me dijiste esto desde el principio? ¿Para qué viniste al banquete?

¿Por qué la había invitado a bailar? ¿Por qué la había invitado a una copa? ¿Por qué había hablado de amantes?, pensó ella.

Allegra agitó la cabeza. Se sintió humillada al ver cómo Stefano la había manipulado, como lo había hecho antes, ablandándola para preparar el terreno.

–Si yo te interesaba profesionalmente, habrías ido a mi oficina, hubieras concertado una cita.

Stefano se encogió de hombros.

–Sabes que no es tan sencillo, Allegra. El pasado todavía está entre nosotros. Tenía que ver cómo serían las cosas entre nosotros, si podíamos trabajar juntos.

–¿Y podemos hacerlo?

–Sí. El pasado está olvidado, Allegra.

Sin embargo no había parecido olvidado hacía un momento.

–¿Y para eso tenías que invitarme a bailar? ¿Invitarme a tomar una copa? –ella agitó la cabeza–. Si quieres que te ayude, Stefano, tienes que ser sincero conmigo. Desde el principio. No soporto a los mentirosos.

–No soy un mentiroso –respondió él fríamente–. Hay un pasado entre nosotros. Antes de proponértelo quería estar seguro de que no interferiría en lo que te tengo que pedir. Eso es todo.

Ella no podía culparlo de nada. Sin embargo, se sentía herida, incómoda, insegura.

–De acuerdo –dijo Allegra por fin–. ¿Por qué no me cuentas exactamente de qué se trata?

Stefano hizo una pausa.

–Es muy tarde. Y ha sido un día agotador. ¿Por qué no hablamos de ello otro día? ¿Mañana quizás? ¿En la cena?

Allegra frunció el ceño.

–¿Por qué no el lunes en mi oficina? –le espetó ella.

–Porque el lunes estaré de regreso en Roma –respondió Stefano–. Allegra, me interesas sólo como profesional...

–¡Lo sé! –exclamó ella, con las mejillas encendidas.

–¿Entonces por qué no hablamos durante una cena? Hemos visto lo razonables que podemos ser. Hasta podríamos ser amigos quizás –Stefano la miró con sus ojos ámbar brillantes.

Allegra tomó aliento. Stefano tenía razón. Ella estaba dejando que el pasado nublase un asunto presente, que era un niño que estaba sufriendo.

–De acuerdo. Mañana –respondió Allegra.

–Dime tu dirección y te pasaré a buscar.

–No hace falta...

–Te pasaré a buscar –repitió Stefano.

Allegra se dio por vencida.

Se levantó del asiento. Stefano hizo lo mismo.

–Buenas noches, Stefano –dijo ella, extendiendo su mano.

Él la miró. Luego se la estrechó.

–Buenas noches, Allegra –dijo Stefano con voz sensual–. Hasta mañana.

Al día siguiente Allegra estuvo excitada y preocupada a la vez.

Stefano quería sus servicios para un niño.

¿Sería su hijo?

¿Y su esposa?

Se sentía inquieta. Pero no sabía exactamente por qué.

Cuando empezó a anochecer, Allegra revisó su armario.

Su ropa de trabajo era sencilla y cómoda, y los pocos vestidos que tenía no tenían ningún atractivo.

¿Por qué no se lo había pensado antes? Al menos habría tenido tiempo para comprarse algo.

¿Y para qué? ¿Quería impresionarlo? ¿Atraerlo?

–No –dijo en voz alta.

Con rabia fue hasta el armario y sacó un vestido al azar. Era un vestido verde oliva que se había comprado para una entrevista de trabajo, adecuado para una ocasión así, pero no para una cena.

Conociendo a Stefano, sabía que la llevaría a un restaurante elegante.

Pero, ¿conocía realmente a Stefano?

Se puso el vestido verde y se miró al espejo.

Estaba horrible. No quería estar sexy, pero al menos quería estar atractiva y parecer profesional, relajado y parecer segura.

Eligió un pantalón negro y una blusa blanca de seda, sencillos pero elegantes.

Se recogió el pelo en un prolijo moño, y miró su imagen puritana y profesional en un espejo.

Así estaba mejor, se dijo.

Nada personal.

Sonó el telefonillo y Allegra abrió.

Las paredes eran tan finas que ella lo oyó subir las escaleras.

Ella agarró su abrigo y su bolso y fue a su encuentro en el recibidor.

–Gracias por venir –dijo ella rápidamente–. Estoy lista.

Stefano alzó una ceja. Estaba muy atractivo con su traje gris oscuro y su camisa blanca.

–Podemos ir a tomar una copa primero –sugirió Stefano.

–Vayamos fuera. Mi piso es diminuto –agregó Allegra.

No quería que él viera su piso con muebles de segunda mano.

Los terapeutas a través del arte, incluso aquéllos que tenían éxito, no ganaban mucho dinero.

Ella estaba orgullosa de su piso, pero sabía que a él le parecería patético comparado con el suyo, con lo que él había estado dispuesto a ofrecerle a ella.

Stefano no hizo ningún comentario.

En la calle el tráfico era ensordecedor y en el aire flotaba olor a comida.

—He traído el coche —él le señaló un coche negro lujoso.

Se bajó un chófer a abrirles la puerta de atrás.

—No sé, quizás preferías comer por aquí cerca... —comentó él.

—No, está bien.

Era impresionante todo aquel lujo. Se le había olvidado aquella vida que había tenido hasta hacía siete años.

—Gracias por venir a buscarme. Podría haber ido en un taxi al restaurante —dijo ella.

—Sí, podrías haberlo hecho.

Allegra fue consciente del espacio mínimo que compartían en aquel asiento, y de toda su presencia.

—¿Por qué no me cuentas lo del niño que necesita ayuda? —preguntó ella después de un largo silencio en que el único sonido había sido el ruido del tráfico.

—Esperemos a llegar al restaurante —respondió Stefano—. Así no nos interrumpirán.

Allegra asintió. Tenía sentido. Pero el silencio que se extendía entre ambos era incómodo y ella no sabía ni siquiera por qué.

Aquello no era personal, se recordó ella. Era un asunto profesional. Stefano no era más que otro padre desesperado.

–Allegra –dijo Stefano suavemente. Sonrió y puso su enorme mano en su pierna. En su muslo.

Allegra miró sus dedos.

–Relájate –agregó él.

Ella intentó relajarse, pero fracasó.

–Lo siento, Stefano. Esto es un poco extraño para mí... –comentó ella.

–Para mí también.

–¿De verdad? –sonrió ella.

–Por supuesto. Pero lo que es importante ahora, lo que debe importarnos, es Lucio.

–Lucio –repitió Allegra.

«Su hijo», pensó ella.

–Háblame de él.

–Lo haré, pronto –él miró su mano, como si acabase de darse cuenta de lo que había hecho, de cómo la había tocado.

Los confines del coche de pronto se estrecharon. A Allegra le costaba respirar.

Él tenía un hijo, se recordó. Lo que quería decir que había una esposa.

Finalmente Stefano quitó la mano con una sonrisa y Allegra tomó aliento.

Viajaron en el coche durante un cuarto de hora antes de llegar a un lujoso hotel en Picadilly.

Stefano la llevó hacia la escalera; atravesaron la puerta y se dirigieron a un ascensor, algo que le extrañó a ella.

Cuando se abrieron las puertas, Allegra se sorprendió gratamente, porque estaban en el último piso del hotel, y detrás de las mesas y los floreros con azucenas se extendía una vista espectacular de Londres.

Un camarero los llevó hasta una mesa con bastante intimidad, situada en un reservado con grandes ventanales a cada lado.

Allegra se sentó y el camarero le dio la carta.

—¿Te parece bien este sitio?

—Supongo que tendré que conformarme...

Stefano sonrió, y por un momento compartieron la broma a la luz tenue del salón, y Allegra sintió un cosquilleo de risa en su garganta.

Y pensó que aquello podía funcionar. Estaba funcionando. Estaban interactuando profesionalmente, de forma amistosa y relajada. Como debía ser.

Allegra tomó un sorbo de agua.

—¿Vienes a Londres a menudo? —preguntó luego.

—De vez en cuando, por negocios. Aunque donde hago negocios es en Bélgica sobre todo —respondió él.

—¿En Bélgica? ¿Qué hay allí?

Él se encogió de hombros.

—Esa maquinaria minera de la que te he hablado —sonrió—. Algo muy aburrido.

—Para ti, no, supongo.

—No, para mí no.

—Ni siquiera sé qué es lo que te hace interesarte en ello —comentó Allegra—. En realidad me da la impresión de que sé muy poco de ti.

Cuando se habían conocido hacía años, él le había preguntado cosas, y a ella le había gustado hablarle de sus intereses. Y él había estado contento de escucharla.

Pero ella no había sabido casi nada de él.

—Creí que sabías las cosas importantes —dijo él.

—¿Qué?

—Que yo iba a mantenerte y protegerte —contestó Stefano.

Ella pensó, decepcionada, que él seguía siendo el mismo. No hablaba de amor, de respeto, de sinceridad. Hablaba de protección, de provisión. Eso era lo que le importaba.

Pero, ¿por qué se le había ocurrido a ella que él pudría haber cambiado?

—Sí —murmuró ella—. Eso lo sabía.

—¿Por qué no miramos la carta? —sugirió Stefano.

Era evidente que él se había dado cuenta de que aquél era un terreno peligroso.

Ella miró la carta del restaurante. La mitad de los nombres estaban en francés. Y ella reprimió una risa.

—Aprendiste francés en el colegio, ¿no?

Allegra recordó el colegio, lo que había aprendido allí: silencio, sumisión.

—Cosas de colegio —comentó con una pequeña sonrisa y volvió a mirar la carta—. ¿Qué son los *langoustines*?

—Langosta.

—Oh —dijo ella con un gesto de desagrado.

Nunca le habían gustado los mariscos.

—Tal vez deberíamos haber ido a un lugar menos internacional —comentó Stefano—. Parece que te has hecho muy inglesa...

Allegra no sabía por qué había sentido como un pinchazo, excepto porque aquello había sonado como un insulto.

–Soy medio inglesa –le recordó ella.

Y él la miró.

–Sí, pero la muchacha que conocí era italiana hasta la médula, o eso es lo que yo creí.

–Creí que estábamos de acuerdo en que no nos conocíamos bien. Y de todos modos, somos personas distintas ahora –dijo ella.

–Totalmente –Stefano dejó la carta–. ¿Has decidido?

–Sí. Comeré un filete.

–¿Y como primer plato?

–Una ensalada con hierbas aromáticas.

El camarero apareció en cuanto los vio dejar la carta.

–¿Cómo le gusta el filete a la señora? –preguntó el hombre.

Stefano iba a contestar, pero ella se adelantó y dijo:

–La señorita lo quiere ni muy hecho ni muy jugoso.

Hubo un momento de silencio y Allegra se dio cuenta de que había actuado como una niña.

Y se había sentido como una niña.

–Si querías pedir tú misma, me lo podías haber dicho –dijo Stefano cuando se fue el camarero.

–No importa –respondió Allegra–. ¿Por qué no hablamos de Lucio? ¿Es tu hijo?

Stefano la miró, sorprendido.

–No, no es mi hijo. No tengo hijos, Allegra. No estoy casado.

A Allegra le pareció ver un brillo en sus ojos al decirlo.

–Comprendo... Es que supuse...

En realidad había sido un alivio su respuesta.

–La mayoría de los adultos que vienen a verme son los padres de la criatura en cuestión –aclaró ella.

–Es comprensible –contestó Stefano–. Y en realidad Lucio es como un hijo para mí, o un sobrino por lo menos. Su madre, Bianca, es mi ama de llaves.

¿Ama de llaves y querida?, pensó ella.

–Comprendo –respondió Allegra.

Stefano sonrió.

–Probablemente te imaginas cosas que no son –contestó Stefano.

Allegra se puso colorada.

–Pero en realidad, Lucio y Bianca son como una familia para mí. El padre de Bianca, Matteo... El caso es que el padre de Lucio, Enzo, murió hace nueve meses en un accidente de tractor. Era el cuidador de los terrenos de mi mansión en Abruzzo. Después de su muerte, Lucio empezó a perder el habla. En un mes dejó de hablar totalmente. No... –hizo una pausa, embargado por la tristeza.

–Está encerrado en su propio mundo –dijo Allegra–. Lo he visto otras veces cuando los niños sufren un trauma severo. A veces la forma de sobrellevarlo es no hacer nada. Existir sin sentir.

–Sí –corroboró Stefano–. Eso es lo que ha hecho. No hay nadie que pueda llegar a él, ni su propia madre. No llora ni tiene rabietas... –Stefano parecía sinceramente preocupado–. No hace nada, ni siente nada.

Allegra asintió.

–Y habéis intentado terapias antes de esto, supongo, ¿no? Si está así desde hace nueve meses...

–Sí, lo han visto especialistas. Aunque no tan rápido como deberían haberlo visto... Cuando su padre tuvo el accidente, Lucio no tenía ni cuatro años. Era un niño callado, así que su condición pasó desapercibida. Bianca lo había llevado a un terapeuta especializado en duelos, que dijo que era normal que se apartase un poco del mundo, que era un signo del proceso normal de un duelo.

Allegra notó la tristeza y preocupación en Stefano, y lo comprendió.

Era una situación habitual en su trabajo, pero no dejaba de dolerle.

—Entonces cuando dejó de hablar y desarrolló ciertos comportamientos, el terapeuta nos recomendó que le hicieran un diagnóstico completo. Cuando se lo hicieron, le diagnosticaron un desorden del desarrollo generalizado —terminó Stefano.

—Autismo —dijo Allegra, y Stefano asintió—. ¿Qué tipo de comportamientos tiene?

—Puedes ver las notas de su caso, si quieres, pero el más evidente es que no habla, ni mira a los ojos. Tiene juegos metódicos o repetitivos... Falta de concentración, resistencia al contacto físico o demostraciones de cariño —Stefano recitó la lista de síntomas.

Y Allegra imaginó cómo se habrían sentido Stefano y la madre del niño. No era fácil aceptar que su hijo tenía algún problema, sobre todo cuando los problemas asociados con el autismo no eran fáciles de tratar.

El camarero apareció con el primer plato y empezaron a comer. Luego Stefano continuó:

—Le diagnosticaron autismo hace unos meses, pero Bianca se resistió a creerlo. Ella estaba segura de que el comportamiento de Lucio estaba asociado al duelo más que a un desorden del desarrollo. Y yo estoy de acuerdo con ella.

Allegra tomó un sorbo de agua.

–Supongo que te habrán explicado que los síntomas del autismo a menudo se manifiestan a la edad de Lucio.

–Sí, por supuesto, ¿pero justo cuando murió su padre? –preguntó Stefano.

–Es una posibilidad –respondió Allegra–. Un mal diagnóstico entre profesionales es raro, Stefano. Los psiquiatras no etiquetan a un niño de ese modo si no hay razón. Ellos recogen muchos datos y hacen muchas pruebas...

–Creí que tenías experiencia con un niño al que le habían hecho un mal diagnóstico –respondió Stefano fríamente.

–Sí, uno. Un niño entre cientos, miles. Simplemente sucedió que respondió a la terapia a través del arte, y justo ocurrió que la terapeuta fui yo –Allegra agitó la cabeza–. Yo no hago milagros, Stefano. Si quieres contratarme para demostrar que Lucio no es autista, no puedo darte garantías...

–No espero garantías –contestó Stefano–. Si después de tratarlo, llegas a la misma conclusión que los otros profesionales, Bianca y yo no tendremos más remedio que aceptarla. Pero antes me gustaría darle otra oportunidad de curarse a Lucio. En los últimos meses los médicos que lo trataron, lo hicieron como si fuera autista. ¿Y qué me dices si su verdadero problema es el dolor de un duelo? –Stefano levantó la mirada y Allegra sintió una punzada de algo...

–Es posible –ella tragó saliva–. No puedo decirte

más hasta que no lea los informes del caso. ¿Por qué crees que la terapia creativa en particular puede ayudar a Lucio?

–Siempre le ha encantado dibujar –dijo Stefano con una sonrisa–. Tengo montones de dibujos suyos... Y aunque yo era escéptico sobre la terapia a través del arte, en este momento estoy dispuesto a probar lo que sea –sonrió pícaramente–. Sobre todo después de saber que ha tenido éxito en un caso similar.

–Comprendo –ella apreció su sinceridad. No era muy diferente a lo que habían manifestado muchos padres–. Lucio vive en Abruzzo, ¿verdad?

–Sí, y no voy a moverlo de allí. Bianca ha tenido que sacarlo del jardín de infancia, porque Lucio no puede soportar los lugares desconocidos. No podría viajar a Milán ni a otros sitios más lejos.

–Entonces, tú necesitas una terapeuta... en este caso, yo, que vaya a Abruzzo...

–Sí, que viva allí –completó Stefano–. Por lo menos durante unos meses, pero lo ideal sería... todo el tiempo que lleve la terapia.

Stefano sirvió vino de la botella que el camarero había abierto y dejado a un lado de la mesa. Allegra tomó un sorbo.

Varios meses en Abruzzo... Con Stefano... pensó.

–Ése es un compromiso muy grande –dijo finalmente.

–Sí. Supongo que tendrás otros casos... Yo tengo que volver a Londres dentro de quince días. ¿Podrías estar lista para entonces?

Stefano no se lo preguntaba, lo daba por hecho.

«Arrogante como siempre», pensó ella.

Allegra agitó la cabeza levemente.

–¿Allegra? Estoy seguro de que en dos semanas puedes resolver lo que tengas pendiente aquí, ¿no?

–¿Y si no puedo ir a Abruzzo? ¿Qué pasa si digo que no?

Stefano se quedó callado, mirándola.

–No pensé que... dejarías que el pasado amenazara el futuro de un niño inocente...

Allegra se puso furiosa.

–¡No se trata del pasado, Stefano! Se trata del presente. De mi vida profesional. No soy tu pequeña novia a la que puedes ordenar y esperar que obedezca. Soy una terapeuta cualificada, una profesional a la que quieres contratar –dejó escapar un suspiro de impaciencia.

–¿Estás segura de que no tiene nada que ver con el pasado, Allegra? –preguntó suavemente Stefano.

En aquel momento, Allegra no lo estuvo.

Llegó el segundo plato, y ella miró su suculento filete sin apetito.

–Comamos. Si quieres hacer más preguntas relacionadas con esta cuestión, te las responderé sin problema...

–¿Vas a estar en Abruzzo todo el tiempo de la terapia? –preguntó Allegra bruscamente.

Stefano se quedó inmóvil y ella se sintió expuesta, como si hubiera mostrado algo muy íntimo con aquella pregunta.

Y tal vez lo hubiera hecho.

–No. Dividiré mi tiempo entre Roma y Abruzzo. Tú tratarás sobre todo con la madre de Lucio, Bianca, aunque, por supuesto, yo seguiré el tema de cerca.

—Comprendo —dijo ella, tan aliviada como decepcionada.

Comieron y Allegra se dio cuenta entonces de que, sorprendentemente, había recuperado el apetito y que el filete estaba delicioso.

Cuando terminaron de comer, ella notó que había recuperado también su tranquilidad, de lo cual se alegró.

—Tengo que ver los informes sobre el caso de Lucio. Y hablar con Speri y con quienes hayan intervenido en su caso.

—Por supuesto.

Allegra miró a Stefano y vio, a pesar de su expresión neutra, el brillo de esperanza en sus ojos.

—No hago milagros, Stefano. A lo mejor no puedo ayudarte. Como te he dicho antes, tienes que contemplar la posibilidad de que Lucio sea realmente autista.

Stefano pareció tensar la mandíbula.

—Tú haz tu trabajo, Allegra. Yo haré el mío.

Allegra asintió levemente.

—Necesitaré unos días para ponerme al tanto de todo el material del caso de Lucio —dijo ella después de un momento—. Te haré conocer mi decisión al final de la semana.

—El miércoles.

Ella deseó protestar. Luego se dio cuenta de que estaba dejando que el pasado enturbiase un asunto profesional.

—El miércoles —asintió ella—. Haré todo lo que pueda, Stefano. Pero no tiene sentido que me metas prisa. Me estás pidiendo mucho, no sé si te das cuenta, dejar toda mi vida en Londres por unos meses...

–Pensé que te gustaría un desafío profesional –contestó Stefano–. Y unos meses no es mucho tiempo, Allegra. No son siete años.

Ella lo miró, sin saber qué quería decir con aquel comentario. Pero no quería preguntar, porque no quería pelearse con él.

–No obstante, ésta es una decisión que debe ser considerada cuidadosamente por ambas partes. Como tú mismo has dicho, es en Lucio sobre todo, en quien tenemos que pensar.

–Por supuesto.

–¿Van a tomar postre? –les preguntó el camarero.

Pidieron postre: una tarta de chocolate para Stefano y una crema de toffee para ella.

–Te llamaré el miércoles, entonces –dijo él cuando se fue el camarero.

–De acuerdo... De todos modos, Stefano, deberías pensarte la posibilidad de darle el caso a otro profesional de la terapia a través del arte. Hay muchos. Porque, aunque el pasado esté olvidado entre nosotros, sigue existiendo –agregó ella.

Stefano se quedó en silencio. Luego agregó:

–No hay ninguno que tenga la experiencia que tienes tú. Y que además sea italiano, y que tenga la posibilidad y el deseo de pasarse varios meses en un lugar bastante remoto.

–Estás dando por hecho demasiado –comentó Allegra.

–¿Sí? La muchacha que yo conocí hubiera hecho cualquier cosa por una persona necesitada de ayuda. Pero tal vez hayas cambiado.

–No es tan simple, Stefano –contestó Allegra.

No iba a dejar que la manipulase emocionalmente.

–Nunca lo es –dijo él.

Llegaron los postres y Stefano cambió la conversación a temas más fáciles: películas, el tiempo, las vistas de Londres. Y Allegra se alegró de poder hablar sin que cualquier palabra que dijera pudiera ser malinterpretada.

Era tarde cuando por fin se marcharon del restaurante. El coche de Stefano estaba esperando y Allegra se preguntó cómo lo habría hecho. ¿Habría llamado Stefano al chófer? ¿Cómo era que todo le era tan fácil a la gente con poder?

Excepto, tal vez, las cosas realmente importantes. Como Lucio.

Volvieron al piso de Allegra en silencio, y ella se preguntó si eran imaginaciones suyas o si aquel silencio guardaba una decisión tomada, como si fuera a suceder algo.

–No hace falta que entres –protestó Allegra inútilmente.

Porque Stefano ya había atravesado la puerta.

–Quiero asegurarme de que llegas sana y salva a tu casa.

Pero no había nada seguro en su compañía, pensó ella.

–Es un lugar muy seguro –protestó Allegra.

Stefano sonrió simplemente y la miró con un brillo intenso en los ojos.

–Stefano... –empezó a decir ella.

Luego se calló porque no sabía qué decir.

–Me preguntaba cómo sería volver a verte... –dijo Stefano.

–Yo también me lo preguntaba, por supuesto.

–Me preguntaba si serías la misma... –continuó

Stefano, levantó la mano como para tocarla y Allegra contuvo la respiración.–. Me preguntaba si me mirarías del mismo modo...

–Somos diferentes, Stefano –dijo ella, y deseó poder apartar sus ojos de la mirada abrasadora de Stefano, ser indiferente a él; que ni su cuerpo ni su corazón reaccionasen ante su presencia–. Yo soy diferente –agregó Allegra.

Él sonrió.

–Sí, tú lo eres –respondió él y le tocó la mejilla para ponerle un mechón de pelo detrás de la oreja.

El leve contacto de sus dedos la estremeció. La mareó y le hizo cerrar los ojos.

Luego los abrió.

–No hagas esto, Stefano –susurró Allegra. No tenía la fuerza de voluntad para apartarse y aquello la avergonzaba–. Me estás contratando para un asunto profesional. No deberías hacer esto.

–Sé que no debería hacerlo –dijo Stefano. Pero no había arrepentimiento en su voz.

Stefano se estaba acercando. Estaba a centímetros de ella.

–Deberíamos despedirnos –pudo decir ella casi sin aliento–. Deberíamos darnos la mano –agregó desesperadamente, porque sabía que no iba a suceder eso.

Iba a suceder algo muy distinto.

–Sí, deberíamos hacerlo.

Stefano deslizó sus dedos por su mejilla, y ella se estremeció al sentirlos. Se quedó inmóvil, intentando no apretarse contra él. Porque en aquel momento eso era lo que deseaba.

–Claro que podemos celebrar el acuerdo profesional con un beso –continuó Stefano.

–Así no hago yo los negocios –respondió ella.

–¿No quieres saber cómo es entre nosotros, Allegra? –susurró él–. ¿Cómo podría haber sido todos estos años?

Ella intentó agitar la cabeza, intentó decir algo. Pero no podía. Tenía la mente nublada...

Y entonces él bajó los labios y la besó.

Su beso fue un suave roce que se transformó en algo feroz, exigente, posesivo.

Como si con él hubiera dicho que ella era suya.

Allegra se dio cuenta entonces que Stefano jamás la había besado de aquel modo. Aquel beso era puro fuego.

Ella deslizó sus manos por sus hombros y clavó sus uñas en su piel.

Stefano la rodeó y ella se derritió en sus brazos. Era como un fuego que la consumía.

–Celebrado con un beso –susurró Stefano, satisfecho, y dio un paso atrás–. Te llamaré el miércoles –le prometió–. Y ahora te dejo con tus sueños.

«Sueña conmigo», pensó ella.

–Buenas noches, Allegra.

Ella asintió sin decir nada. Lo observó abrir la puerta y desaparecer en la llovizna.

Y ella dejó escapar un suspiro en el silencio del pasillo, llena de confusión y de deseo.

Ella se tocó la boca, como si todavía pudiera sentirlo allí.

Cuando Stefano salió con el coche todavía podía ver a Allegra en el pasillo de la entrada, apoyada en la pared, tocándose los labios.

Y él sonrió.

Lo deseaba. Como antes. O quizás más.

Lo deseaba aunque no quisiera desearlo.

Y sin embargo ese beso, por maravilloso que hubiera sido, había sido un error. Él no podía arriesgarse a tontear con Allegra, por el bien de Lucio.

Ya había vivido aquello y sabía dónde terminaría. Y no quería verse en la misma situación.

Echó la cabeza hacia atrás en el respaldo del coche y cerró los ojos. Había besado a Allegra porque había querido. Había deseado sentir sus labios, su cuerpo contra el de él. Había querido descubrir si la realidad era como sus sueños.

¿Y era así?

Quizás, pero no importaba. No iba a besar a Allegra otra vez.

Jamás, se dijo.

Ella era la terapeuta de Lucio, y nada más.

Capítulo 5

EL MIÉRCOLES Allegra estaba esperando que llamase Stefano mientras revisaba el caso de Lucio en su oficina.

Después de aquel devastador beso había pensado no aceptar el caso de Lucio, porque el conflicto personal era obvio y la abrumaba.

A la vez, la tentaba aceptar el caso. La idea de trabajar intensamente con el niño y ayudarlo, era muy motivador y excitante. Siempre había tenido que adaptarse al ritmo de sesiones de cuarenta y cinco minutos, mientras los padres de los niños se desesperaban de angustia hasta ver los resultados. Y ésta era una ocasión para ver la posibilidad de que un caso fuera solucionándose a pasos agigantados.

Decididamente, ella deseaba hacerse cargo de aquel caso, aunque Stefano estuviera involucrado en él. Sobre todo si Stefano estaba involucrado en él. Porque sería un modo de acabar con el pasado de una vez por todas.

La sobresaltó el teléfono, y contestó.

–Hola...

–Allegra, ¿has estudiado el caso de Lucio?

–Sí.

–¿Y?

–Sí, me haré cargo del caso, Stefano. Pero...

–Tienes algunas reservas –adivinó Stefano.

–Sí.

–Por el beso de la otra noche –comentó él.

–Sí. Voy a ir a Abruzzo por un asunto profesional, y no puede haber...

–No habrá nada.

–Aun así... No quiero que haya ninguna tensión por lo que ha sucedido entre nosotros. Tanto para Lucio como para nosotros sería mejor que pudiéramos ser amigos.

–Entonces lo seremos.

Allegra se rió, insegura, porque sabía que no era tan sencillo. Y seguramente Stefano lo sabía tanto como ella.

–Nunca me habías besado así.

Stefano se quedó en silencio. Luego dijo:

–Tenías diecinueve años. Eras una niña. Tenía que darte tiempo. Sin embargo, anoche no lo eras. Pero no temas, no se repetirá.

Habló tan firme y decididamente, que Allegra tuvo que aceptar sus palabras.

–De acuerdo, entonces –dijo ella.

–Vuelo a Londres el próximo viernes. Eso te dará tiempo de ocuparte de tus otros casos. Puedes volver conmigo a Roma, y desde ahí ir juntos a Abruzzo.

Ella estuvo de acuerdo, y se despidieron amistosamente. Incluso él le dio las gracias por ocuparse de Lucio.

Al final no fue difícil solucionar el tema de los otros casos. Como trabajaba por su cuenta y no tenía un trabajo permanente, en una semana pudo subarrendar su piso y hacer las maletas.

Había sentido cierta inquietud al ver lo fácil que

había sido desmantelar su vida, una vida que le había costado sudor y lágrimas construir en los últimos siete años, y que de pronto había desaparecido, al menos por el momento.

Era un día claro de septiembre, y Allegra estaba esperando fuera que la recogiera Stefano. Éste apareció, vestido con un traje oscuro y un móvil en la oreja, y sus modales fueron tan bruscos e impersonales, que Allegra no dudó de que aquello fuera simplemente una relación profesional.

Stefano seguía hablando por teléfono cuando el chófer puso su equipaje en el maletero y ella se subió al coche.

Después de unos veinte minutos de viaje, Stefano dejó el móvil.

—Perdona, era una llamada de negocios —dijo entonces.

—Eso parecía —respondió ella.

—Le he dicho a Bianca que irás a la villa, y te está esperando ilusionada. Eres una esperanza para todos nosotros, Allegra.

Allegra asintió.

—Pero recuerda que no hay garantías, ni promesas —insistió ella.

—Es verdad. Pero no las hay en nada en la vida, ¿no?

¿Estaría hablando de ellos?, se preguntó ella.

Pero no, el pasado estaba olvidado. Tenía que recordarlo.

Tomaron un avión privado a Roma, y ella pensó que aquello era una muestra de la riqueza y poder de Stefano.

—¿Eres más rico ahora que hace siete años? —le preguntó ella cuando se sentaron en el avión.

–Un poco –respondió él por encima del periódico.

–Sé que mi padre tenía dinero, pero a decir verdad, yo no lo notaba mucho –dijo Allegra.

–¿No tenías una vida cómoda?

–Sí, por supuesto –se rió ella–. Créeme, no voy a contarte la historia de una niña pobre. No había vivido mucho, y creo que fue por ello que me sentí tan fascinada por ti cuando nos conocimos.

–Comprendo.

Allegra miró por la ventanilla del avión. El aparato estaba ascendiendo por encima de la niebla que cubría Londres.

Ella sentía una extraña necesidad de hablar del pasado, como si necesitase mostrar a Stefano lo poco que le importaba. Era un impulso un poco infantil, lo sabía, pero no podía evitarlo.

–Has dicho que tenías un piso en Roma, ¿en qué parte? –preguntó ella más tarde.

–En Parioli, cerca de Villa Borghese.

–No he estado nunca en Roma –admitió ella.

Su vida en Italia había transcurrido entre el colegio de monjas y su casa.

–Te mostraré las vistas, si tenemos tiempo –dijo Stefano.

–¿Vamos a ir directamente a Abruzzo?

–Mañana. Esta noche tengo una cena de negocios, un evento social –desvió la mirada de ella y agregó–: A lo mejor podrías venir conmigo.

Allegra se puso rígida.

–¿Por qué?

–¿Por qué no? La mayoría de la gente va con sus parejas, y yo no tengo.

—Yo no soy tu pareja.

—No. Pero estás conmigo. No tiene sentido que te quedes sola en la mansión —sonrió Stefano—. Creía que éramos amigos.

—Lo somos, sólo que...

Stefano alzó las cejas.

—De acuerdo —asintió ella—. Gracias. Será... agradable.

—Agradable... Sí, claro —asintió Stefano.

No volvieron a hablar hasta que el jet aterrizó en el aeropuerto de Fuimicino, y Stefano la ayudó a bajar del avión.

El aire la envolvió como una manta, seco, caliente, familiar, reconfortante.

Aquella tierra era su hogar, pensó ella.

—Hace mucho tiempo que no estás en Italia —dijo Stefano, mirándola.

—Seis años.

—Viniste al funeral de tu padre.

—Sí.

—Siento su muerte —dijo Stefano después de un momento.

Allegra se encogió de hombros. Luego dijo:

—Gracias. Hace mucho tiempo de ello.

—La muerte de los padres sigue doliendo siempre —dijo él.

—La verdad es que no pienso en ello —contestó Allegra.

Y le pareció que mostraba demasiado con aquel comentario.

Stefano dejó el tema, por suerte, y pasaron el siguiente rato ocupándose de la documentación y aduanas.

Al poco tiempo estaban subidos en un coche de alquiler rodeados de las colinas de Roma en el horizonte.

Allegra sintió todo el cansancio de las últimas semanas, tanto físico como psíquico, y se quedó dormida.

Cuando entraron en una calle estrecha de elegantes casas, Stefano le anunció que habían llegado.

La ayudó a bajar del coche y se dirigieron a la casa. Ésta estaba elegantemente decorada con antigüedades, alfombras y cuadros originales que debían costar una fortuna. Sin embargo, le faltaba personalidad. Como si el alma de Stefano no estuviera allí.

Y ella volvió a pensar que no lo conocía, que no sabía qué libros leía, qué le hacía reír, las cosas que habría sabido de haber sido su esposa.

—Sé que estás cansada. Puedes descansar arriba si quieres. Le diré a la cocinera que prepare algo liviano para comer —le dijo Stefano.

—Gracias. La cena de esta noche... Es un evento formal, ¿no?

—Sí.

—No tengo nada apropiado que ponerme... No suelo necesitar ropa de fiesta en mi trabajo...

—Enviaré a alguien a las tiendas para que elija algo para ti. A no ser que prefieras ir tú misma.

Allegra agitó la cabeza. No habría sabido qué elegir, y la sola idea de dar vueltas por Roma la cansaba.

—Bien. Tengo que ocuparme de negocios, pero Anna, mi ama de llaves, te mostrará tu habitación.

En aquel momento, como si se tratase de un conjuro, una mujer de pelo cano apareció en el pasillo.

–Por aquí, *signorina* –dijo la mujer en italiano.

–*Grazie* –su lengua materna le sonó extraña por un momento. Hacía años que no usaba más que el inglés.

¿Habría sido algo deliberado para olvidar su pasado? ¿Un modo de ser una nueva persona?

Siguió a Anna por las mullidas alfombras hasta una habitación decorada con exquisito gusto. Allegra miró la cama doble con su colcha de seda rosa, las cortinas haciendo juego...

Sonrió a Anna y le dio las gracias.

Se sentó en la cama y luego se quitó la ropa y se acostó.

No podía creer que estuviera en casa de Stefano.

Allegra cerró los ojos. No quería examinar sus sentimientos, ni lo que podía sentir Stefano. Sólo quería hacer su trabajo.

Esperaba que cuando conociera a Lucio se olvidase totalmente de Stefano.

Y con aquel pensamiento se durmió.

Se despertó con los golpes en la puerta.

–¿Allegra? –la llamó Stefano–. Llevas durmiendo cuatro horas. Tenemos que arreglarnos para la cena.

–Lo siento –murmuró ella, quitándose el pelo de la cara.

Stefano abrió la puerta y ella fue consciente de su horrible apariencia, y de que sólo llevaba un sujetador y unas braguitas debajo de la colcha.

Stefano la miró un momento, y Allegra sintió un calor por dentro.

–Abajo tienes una selección de vestidos de fiesta. Te los traeré.

–¿Una selección? –repitió ella.

Pero Stefano ya se había ido.

Allegra se levantó de la cama y se puso la ropa que había dejado en el suelo. Cuando se estaba recogiendo el pelo apareció Stefano con unas bolsas en la mano.

–Aquí tienes todo lo que te hace falta. Tenemos que marcharnos en menos de una hora. Anna te traerá algo de comer. No has almorzado –Stefano sonrió.

–Gracias por ser tan considerado.

–De nada.

Ella se dio cuenta de que se sentía cómoda. Y le apetecía disfrutar de la noche, jugando a ser una niña a la que le han dado la oportunidad de probarse la ropa de su madre.

Sonrió y fue en busca de las bolsas.

Stefano se había ocupado de todo. Había tres vestidos de diseño diferentes con zapatos y chales a juego, así como ropa interior y medias.

Ella hacía siete años que no tenía ropa tan bonita. No le habían hecho falta y ciertamente no había podido permitírsela.

Se sintió conmovida por la consideración de Stefano, pero luego se dio cuenta de que era simplemente su forma de operar. Ella estaba bajo su cuidado, así que él tenía que darle lo que necesitase.

Eligió un vestido de seda estrecho hasta la rodilla que le hacía una esbelta figura. Era sencillo y elegante a la vez.

En el fondo de una de las bolsas, Stefano había dejado una cajita de terciopelo y cuando Allegra la abrió, se quedó con la boca abierta.

Eran los pendientes que le había regalado el día

antes de la boda. Los pendientes con los que él había dicho que quería verla.

Sintió ganas de llorar y no supo por qué.

Se puso los pendientes y se soltó el cabello, que cayó sobre sus hombros.

Luego bajó.

—¡Estás deslumbrante! —dijo él al verla. Miró sus orejas, el brillo de los diamantes contra su piel y sonrió.

Allegra le devolvió la sonrisa.

—Gracias.

Stefano le dio la mano y ella la tomó. No quería pensar mucho. Aquélla sería una noche, sólo una noche, y ella quería disfrutarla.

Tomaron un coche hasta el hotel St Regis. Allegra se sintió impresionada por la fachada del hotel. Estaban en el corazón de Roma, a minutos de la escalinata de la Plaza de España y la Fontana de Trevi.

El aire de mediados de septiembre era como una caricia mientras subían las escaleras del hotel.

Cuando entraron Allegra se quedó admirando la araña que colgaba del techo, las columnas de mármol y las suntuosas alfombras. Desde dentro llegaba la música de un piano, y ella se sintió impresionada por aquel lujo.

Stefano la guió a la sala Ritz, otra lujosa sala con frescos pintados a mano, con el mismo aura de riqueza que la anterior.

Allegra notó cómo los miraban al entrar, los comentarios silenciosos, las miradas especulativas.

Ella levantó la mirada y sonrió orgullosamente. Posesivamente.

Stefano se acercó a un grupo de hombres y presentó a Allegra a sus socios.

–Caballeros, ésta es mi amiga, Allegra Avesti.

«Mi amiga», pensó ella. Algo que no había sido antes.

Y de pronto se preguntó si eso era lo que quería ser para él.

Pero no le quedaba otra opción.

La gente pareció sorprendida al oír la palabra «amiga». Y ella se preguntó por qué.

Seguramente Stefano había ido a eventos con otra mujer, alguna que no fuera una novia estable, ni siquiera alguien con quien estuviera saliendo...

¿O sería que acostumbraba a ir con alguna mujer en especial que no era ella?

Pero no pudo seguir pensando, porque pronto se sintió envuelta en la conversación.

–¿Estás bien? –preguntó Stefano llevándola del codo.

–Sí, estoy bien. Me lo estoy pasando bien, de hecho.

–Bien –contestó él con una nota de satisfacción posesiva.

Pero Stefano sólo la consideraba una adquisición, se recordó. Había comprado sus servicios recientemente.

Pero ella no quería pensar ni sentir. Sólo quería disfrutar.

Así que dejó que Stefano la llevara a la mesa.

Allegra se sentó al lado de una mujer delgada de vestido negro de crepé, Antonia Di Bona.

–Stefano te ha tenido escondida –comentó la mujer.

Allegra tragó saliva y miró a Stefano. Éste estaba conversando con un colega.

Allegra sonrió y con una fría sonrisa dijo:

–Soy sólo una amiga.

–¿Sí? Stefano no tiene muchas amigas.

–¿No?

Allegra sintió un cierto alivio. Pero a la vez le había dado la impresión de que aquella mujer sabía algo de Stefano que ella no conocía. Y esperaba el momento de averiguarlo.

Comieron el primer plato sin conversar demasiado. Luego Antonia preguntó:

–¿Conoces a Stefano desde hace mucho tiempo?

–Bastante tiempo –respondió Allegra.

–Bastante tiempo... –repitió Antonia–. Me pregunto cuánto tiempo –se inclinó hacia adelante–. No pareces su tipo, ¿sabes? Él las prefiere... –miró a Allegra con ojos de crítica–. Más glamurosas. ¿Sales con él a menudo?

–No –contestó ella, con rabia por el comentario de Antonia–. De hecho estoy muy ocupada, tanto como Stefano.

Sabía que debía comentar que su relación con Stefano era sólo profesional, pero no sabía por qué no podía hacerlo.

Antonia se rió forzadamente y agregó.

–Stefano está siempre ocupado. Así es como se ha hecho rico –miró a Allegra una vez más–. Y el motivo por el que fracasó su matrimonio.

Capítulo 6

ALLEGRA se quedó helada.

Había estado casado...

¿Con quién?, se preguntó ella.

Sin embargo él no se lo había dicho.

¿Y por qué iba a decírselo?

Ellos tenían una relación profesional.

Sin embargo había muchas cosas que no encajaban con una relación profesional, pensó, recordando el beso de Stefano.

Intentó relajarse.

Stefano había estado casado...

Pero eso no significaba nada. No debía significar nada para ella.

Sin embargo... le dolía.

Allegra agarró el tenedor y comió un bocado del postre. No le supo a nada. Estaba demasiado preocupada por lo que acababa de saber como para saborearlo.

¿Por qué le dolía aquello todavía?

Allegra agitó la cabeza instintivamente.

No, ya no era aquella niña...

Pero le seguía doliendo que él la hubiera comprado como a una cosa.

Apartó el postre, tomó un sorbo de vino y sintió los ojos de Stefano. Estaba conversando con un colega de los negocios, pero desvió la mirada hacia ella un momento, y ella supo al verlo apretar la boca, que se había dado cuenta de que ella estaba disgustada. Sólo que no sabía por qué.

Después de la cena los invitados caminaron de un lado a otro, conversando, riendo, mientras sonaba la música de un cuarteto de cuerda. Allegra se mezcló con la multitud y vio a Stefano rastrear el salón con la mirada. Ella se apoyó en una columna de mármol.

—¿Por qué te estás escondiendo otra vez? —preguntó Stefano por detrás.

Allegra se sobresaltó.

—No me estoy escondiendo —respondió.

—Me estabas evitando.

—No seas arrogante.

—¿Lo niegas?

—No tenía ganas de hablar, Stefano, ni contigo ni con nadie. Estoy cansada, y ésta no es exactamente la gente con la que yo me relaciono normalmente.

Él le agarró la barbilla y le preguntó:

—¿Qué ocurre?

—Nada —mintió ella.

—Estás disgustada.

—¡Deja de decirme cómo estoy! —respondió Allegra.

—Podrías hablar con la gente... Intentar conocerlos —agregó él.

—No tengo ganas.

—Pensé que podríamos pasarlo bien esta noche.

—Estoy cansada, y no estoy aquí para ser tu acompañante, ¿no? ¿No te acuerdas? Estoy aquí para ayudar a Lucio. Eso es todo.

—¿Crees que no lo sé? —preguntó él con un tono

brusco–. ¿Crees que no intento recordármelo todos los días? –preguntó él en voz baja.

Allegra agitó la cabeza sin querer pensar qué quería decir él.

–Stefano...

–Allegra, lo único que te pido es que actúes normalmente. Que te relaciones, que converses. Solía gustarte conversar... ¿Has cambiado tanto? –sonrió él.

Allegra sintió ganas de llorar.

Recordó aquellas conversaciones, cuánto había conversado y reído de todo con Stefano, y cómo la había escuchado él.

–Stefano, no lo hagas.

Stefano le tocó un párpado y notó su humedad.

–¿El qué?

–No lo hagas –repitió Allegra.

«No me lo recuerdes, no hagas que me enamore de ti. Me rompiste el corazón una vez. No podría volver a soportarlo».

La posibilidad de que pudiera enamorarse de él en lugar de aterrarla le dio tristeza.

Sintió por primera vez la dulce punzada del arrepentimiento.

Allegra pestañeó y el pulgar de Stefano se humedeció otra vez.

–¿Por qué estás llorando? –preguntó él, sorprendido y triste.

Allegra agitó la cabeza.

–No quiero pensar en el pasado. No quiero recordar.

–¿Y qué me dices de las partes buenas? Hubo algunas, ¿no?

–Sí, pero no suficientes –Allegra respiró profundamente y se apartó de Stefano–. Nunca fueron suficientes...

–No. Nunca fueron suficientes.

–Además, tú hablas como si hubiéramos tenido algo real y profundo, y no ha sido así. No como lo que has tenido con otra persona.

Stefano se quedó inmóvil.

–¿De qué estás hablando?.

–He oído cosas, Stefano –dijo ella–. Antonia me dijo que habías estado casado.

Aun en aquel momento ella esperaba que él lo negase, que se riera de aquel comentario inexacto.

–No fue relevante –dijo Stefano.

Allegra se rió.

–Hubiera estado bien saberlo... –dijo ella.

–¿Por qué, Allegra? ¿Qué necesidad tenías de saberlo?

–Porque... Porque es el tipo de cosa que yo debería saber...

–¿Deberías saber? ¿Se lo preguntas a todos los adultos con los que te relacionas? ¿A los padres de los niños con los que trabajas?

–Sabes que no es tan sencillo –contestó Allegra–. Tú te olvidas o recuerdas el pasado según te conviene... Bueno, permíteme que yo haga lo mismo –se dio cuenta de que había levantado la voz y de que la gente los estaba mirando.

–Éste no es el lugar para una discusión –comentó Stefano entre dientes.

Ella lo ignoró.

–Ni siquiera sé si estás divorciado. Si tienes hijos...

–Soy viudo –respondió–. Y ya te lo he dicho antes: no tengo hijos –puso su mano en el codo de Allegra–. Y ahora nos vamos a casa.

–¡A lo mejor yo no quiero irme a casa contigo! –dijo ella, soltándose y levantando la voz.

La gente los volvió a mirar.

Hubo un momento de tenso silencio, y luego los invitados siguieron conversando.

Ella se dio cuenta de que estaba haciendo una escena. Se puso colorada.

Y Stefano estaba enfadado, muy enfadado.

–¿Has terminado? –preguntó con frialdad ártica Stefano.

–Sí. Podemos irnos, si quieres...

Stefano la acompañó por el salón entre murmullos y miradas especulativas.

Caminaron en silencio todo el trayecto hasta el coche.

Allegra se refugió en su asiento. Su comportamiento había sido inexcusable; lo sabía. Debería haber esperado a estar en su casa para hablar con Stefano en lugar de hacer una escena delante de todo el mundo.

Pero él debería haberle dicho que había estado casado, pensó ella.

De pronto ella se extrañó de no haberse enterado de que él se había casado. Pero la verdad era que ella había cortado todos los lazos con su pasado. No había vuelto a ver a sus padres. Su padre había muerto un año más tarde de su huida y su madre...

Su madre había conseguido lo que quería. Ahora vivía su vida en Milán, mantenida por una sucesión de amantes.

Al parecer, que ella se marchase hacía siete años

no había servido de mucho, porque allí estaban ellos, juntos otra vez.

El coche llegó a su mansión y Allegra entró con Stefano.

Ella lo observó entrar en el salón y servirse dos dedos de whisky y bebérselo.

Stefano se quedó de pie frente a la chimenea, con una mano apoyada en la repisa.

Allegra cerró la puerta doble, corrió las cortinas y encendió una lámpara.

–Lo siento –dijo luego.

–¿Qué sientes? ¿Haberme vuelto a ver? ¿Haber aceptado ayudar a Lucio? ¿O haberme dejado hace siete años? –preguntó Stefano, furioso.

–Nada de eso. Te pido disculpas por mi comportamiento de esta noche. Saber que habías estado casado fue un shock y... reaccioné desproporcionadamente en la fiesta.

–Sí, lo hiciste.

–¿Por qué no me dijiste que habías estado casado?

–¿Y por qué iba a decírtelo?

–Porque... Aunque reconozcamos el pasado y lo hayamos olvidado...

–Sigue estando ahí –terminó la frase Stefano.

–Sí. Jamás oí que te hubieras casado.

–¿Acaso lo preguntaste alguna vez?

–No, por supuesto que no. ¿Por qué iba a...?

–No podías enterarte porque yo no quise divulgarlo.

–¿Por qué? –susurró ella.

–Porque me arrepentí de haberlo hecho casi al terminar la ceremonia.

Stefano se pasó la mano por el pelo.

—Si quieres que te lo cuente, lo haré. Supongo que debí pensar que alguien podía contártelo esta noche, pero no me apetecía hablarte de ello. Así que es un tema que aparqué —sonrió Stefano débilmente—. Un hábito que creo que compartimos.

Allegra sintió que estaba ante un hombre al que no estaba acostumbrada: un Stefano cándido, abierto, vulnerable. Él se sentó en una silla con la corbata floja, los botones del cuello abiertos y el vaso de whisky en la mano.

—Entonces, ¿qué sucedió? —preguntó ella.

—Estuve casado seis años con Gabriella Capoleti.

—¡Seis años! —exclamó Allegra—. ¿Cuándo te casaste con ella?

—Tres meses después de que me dejases —dijo él.

«De que me dejases», resonó en la cabeza de Allegra.

—¿Por qué? ¿Por qué tan pronto?

—Mi primer matrimonio no se celebró, así que planeé otro.

—Así de sencillo —susurró Allegra.

—Sí —sonrió Stefano, pero sus ojos tenían un brillo de dureza.

Ella tragó saliva. ¿Por qué le dolía?

—Yo iba a casarme contigo por tu apellido, Allegra, ¿recuerdas? Por el apellido Avesti —se rió secamente, sin humor—. Claro que el apellido Avesti ya no tiene ningún valor en estos tiempos.

—No...

—No, no te gusta enfrentarte a ello, ¿no? No te gusta enfrentarte a los hechos. Bueno, yo tampoco. Intento no pensar en mi matrimonio.

–¿Por qué no? ¿La amabas?

–¿Importa eso? ¿Te importa a ti? –preguntó Stefano.

–No –mintió ella poniéndose de pie–. No, por supuesto que no. Sólo me lo preguntaba.

Stefano se quedó callado. Y ella también. Esperando.

–Me casé con Gabriella por el apellido de Capoleti, como me iba a casar contigo por el tuyo –comentó él–. Necesitaba emparentarme con una antigua familia de renombre.

–¿Por qué necesitas tanto un apellido?

Stefano curvó la boca en una sonrisa forzada.

–Porque yo no tengo una familia propia. Tengo dinero, nada más.

–¿Y Gabriella aceptó ese arreglo? ¿O la engañaste a ella también?

–¿Como te engañé a ti, quieres decir? Allegra, ¡cómo te aferras a esa idea! ¡Cómo quieres creerlo!

–Por supuesto que lo creo –contestó Allegra–. ¡Lo oí de boca de mi padre, y de la tuya! Nuestro matrimonio no era más que un acuerdo de negocios entre mi padre y tú –dijo ella con rabia–. ¿Cuánto era mi valor al final, Stefano? ¿Cuánto pagaste por mí?

Stefano se rió.

–¿No lo sabes? Nada, Allegra, no pagué nada por ti. Pero habría pagado un millón de euros por ti, si no te hubieras ido ese día. Un millón de euros que tu padre ya había perdido en el juego. Ése es el motivo por el que se mató, ya lo sabes... Tenía deudas, una deuda de mucho más de un millón de euros. Y como tú no te casaste conmigo, no cobró nada.

Allegra cerró los ojos.

—Más hechos que tú nunca has querido enfrentar —dijo él.

Él tenía razón. Ella nunca había querido enfrentar las repercusiones de su marcha, no había querido examinar muy detenidamente por qué su padre se había suicidado, por qué su madre se había ido.

—No es culpa mía —susurró ella.

—¿Importa realmente?

Ella agitó la cabeza.

—¿Y qué pasó con Gabriella entonces? Háblame de tu matrimonio.

—Gabriella tenía treinta años entonces, dos años más que yo. Estaba desesperada por casarse. Ella aceptó el matrimonio, el arreglo, y todo sucedió rápidamente.

—¿Por qué lo has mantenido casi en secreto si querías su apellido? ¿No deberías haber querido que la gente lo supiera?

Stefano levantó las cejas.

—En teoría, sí. Pero me di cuenta después de casarme de que no quería su maldito apellido. Yo no la quería a ella y ella no me quería a mí. Y al final me di cuenta de que no quería construir mi negocio apoyándome en otra persona. Yo había llegado adonde había llegado por mí mismo, o casi, y quería seguir haciéndolo —sonrió débilmente.

Allegra asintió.

—¿Qué sucedió entonces? ¿Mu... Murió ella?

—Sí. Pero un mes y medio después de la boda Gabriella me dejó. No la culpo. Yo era un marido desastroso. Ella se fue a vivir a Florencia, a un piso que le dejé. Acordamos vivir vidas completamente separadas. Cuando murió en un accidente de coche hace seis meses, hacía casi cinco años que no la veía.

—Pero... Pero eso es horrible —susurró Allegra.

—Sí, lo es —dijo Stefano.

—¿Qué... qué hiciste que la hizo tan desgraciada? ¿Que la hizo dejarte?

—Es culpa mía, ¿no?

—¡Tú lo has admitido!

Stefano se quedó callado un rato largo, con la cabeza hacia atrás y los ojos cerrados.

—Me di cuenta de que yo quería algo más de un matrimonio. Y Gabriella también. Pero lamentablemente no pudimos dárnoslo el uno al otro.

—¿Qué era? —preguntó Allegra en un suspiro.

—¿Qué crees que era, Allegra?

—Yo... No lo sé.

Realmente no lo sabía.

—Me pregunto por qué te sorprendió tanto que me hubiera casado. Casi pareció herirte...

—¡Por supuesto que me sorprendió! Es un hecho muy importante para mantenerlo en secreto...

—Pero tú también guardaste secretos, Allegra, ¿no? Yo no he sido célibe estos siete años, y tú tampoco, estoy seguro.

Allegra se quedó petrificada.

—¿Qué importa? —dijo ella finalmente intentando mantener el tono frío.

—Exactamente, ¿qué importa eso? Al fin y al cabo tú estás aquí por tu capacidad profesional, ¿no?

—No, no importa. Tienes razón —respondió ella.

—¿Cuántos amantes has tenido, Allegra? —preguntó Stefano.

Allegra se sobresaltó.

–Stefano, no importa eso. No me casé contigo. Era libre. No soy tuya, no soy una posesión tuya. Da igual cuántos amantes he tenido. Ni siquiera deberías preguntarlo.

–Pero sí importa –respondió él–. A mí me importa.

–¿Por qué?

Ella estaba temblando bajo su mirada.

Él no contestó. Simplemente sonrió.

–¿Quién fue el hombre que te tocó primero? ¿Quién te tocó donde debería haberte tocado yo?

Allegra cerró los ojos e imaginó escenas que nunca habían tenido lugar en la realidad. Imágenes de Stefano y ella que jamás habían sucedido.

–Stefano, no hagas esto. No creo que te sirva de nada.

–Es verdad, pero lo haré igualmente. ¿Quién fue él? ¿Cuándo tuviste a tu primer amante?

Ella tenía los ojos cerrados todavía, pero notó que él se había acercado y estaba enfrente de ella. Lo oyó arrodillarse delante de ella y poner sus manos en sus rodillas.

Ella se puso tensa.

Él le acarició las rodillas.

–Stefano... –susurró ella.

Sabía que si seguían por aquel camino sería peligroso. Después sería imposible recuperar la relación profesional.

Lentamente Stefano deslizó las manos por sus muslos. Allegra se estremeció, pero no abrió los ojos. No quería abrirlos. No quería ver la cara de Stefano. Tenía miedo de ver lo que estaba sintiendo él. Y lo que estaba sintiendo ella.

–¿Te tocó aquí? –susurró él, acariciándole el muslo.

Allegra sintió que sus piernas se abrían, pasivas.

Ella agitó la cabeza, sin saber qué estaba negando. Quería que Stefano parase y a la vez que continuase... Lo deseaba...

–¿Y aquí? –susurró Stefano, jugando con el elástico de su ropa interior, acariciando con su pulgar su parte más sensible–. ¿Te gustó? ¿Te...? –su dedo se deslizó por su ropa interior–. ¿Pensaste en mí?

Ella gimió, por placer o por vergüenza.

Con los ojos aún cerrados, agitó la cabeza.

Allegra abrió los ojos y vio el brillo en la mirada de Stefano. Había odio, rabia...

–¿Qué es esto? ¿Una especie de venganza?

Stefano la quemó con la mirada antes de apartarse y alejarse.

Lo vio servirse otra copa de whisky y caminar hacia la ventana. Se quedó de espaldas.

Ella se quedó inmóvil en la silla, lánguida, como sin vida.

Él la estaba tratando como a una posesión, pensó ella.

Ella era suya y quería castigarla...

–Fue un médico del hospital en donde hacía las prácticas –dijo ella.

Stefano se quedó inmóvil, pero no se dio la vuelta.

–David Stirling. Fuimos amantes durante dos meses, hasta que me di cuenta de que era tan controlador y posesivo como tú. Fue el año pasado... Así que esperé seis años para entregarme a otra persona, Stefano. Tú esperaste tres meses...

Él no se dio la vuelta. Ella quería herirlo como él la había herido a ella. Pero sabía que no podía hacerlo. Porque a él no le importaba. Y a ella, sí.

–Tienes razón, Stefano, no importa esto porque a ti no te importo. Nunca te he importado. Nunca me has amado. Lo único que resultó herido cuando huí fue tu orgullo. Y aunque me hubieras amado, no quería el tipo de amor que podías darme, el tipo de amor en el que no hay sinceridad, ni alegría, ni nada que realmente importe.

«Protección. Provisión», ¿qué más quería?

Él siguió de espaldas.

–El tipo de amor que ofreces, Stefano, no es amor. ¡No es nada! ¡No vale nada!

Stefano se movió, pero no se dio la vuelta.

Allegra pensó que por fin lo había herido, pero no había sido tan profundo como un golpe directo.

Ella tomó aliento y habló:

–Ha sido un error venir aquí, pero también ha sido un acuerdo de negocios. Como nuestro matrimonio... Es gracioso como se repite todo... Pero me quedaré, Stefano, por el bien de Lucio. Quiero ayudarlo. Pero cuando termine la terapia, no nos volveremos a ver. Algo que te tranquilizará también a ti, estoy segura.

Temblando, Allegra se fue de la habitación.

Stefano sabía que no debía beber un tercer whisky, pero le apetecía. No bebía normalmente, pero en aquel momento necesitaba una copa.

Sentía rabia y se arrepentía de haberla tratado de aquel modo.

Allegra, la mujer que iba a ayudar a Lucio... La mujer que había estado a punto de ser su esposa... No se había olvidado. Jamás podría olvidarse del momento en que se había enterado de que ella se había marchado, sin despedirse, sólo con una nota.

Aquel momento estaba grabado en su memoria, en su alma.

Pero por Lucio debía olvidarlo.

No tenía derecho a acusarla por tener un amante. Ella tenía veintiséis años, y tenía todo el derecho del mundo de buscar un romance, amor, sexo con otra persona.

Con otro que no fuera él.

No era la idea de que la hubiera tocado otro hombre lo que lo hería, aunque eso le escociera, era el hecho de que Allegra hubiera elegido, hubiera preferido a otra persona. Se había alejado de él para buscar consuelo en otros brazos, y eso no podía cambiarlo nadie.

Y él había hecho lo mismo. Y había fracasado.

Stefano respiró profundamente y luego subió las escaleras hacia la habitación de Allegra.

No intentó abrirla. Suponía que estaba cerrada. Pero se apoyó en la puerta y habló:

–Allegra, lo siento. No debí decir ni hacer lo que he hecho. Me he portado muy mal... –hizo una pausa. Tenía un nudo en la garganta, y no podía expresar lo que sentía. Finalmente pudo hablar y agregó–: Buenas noches, Allegra.

Capítulo 7

AL DÍA siguiente la casa estaba en silencio cuando Allegra bajó, pero después de unos segundos oyó el ruido de porcelana china en el comedor y vio a Stefano bebiendo un cappuccino y leyendo el periódico.

Ella lo observó en silencio un momento. Tenía líneas de cansancio en sus ojos.

Lo había escuchado tras su puerta con voz de arrepentimiento, pero no quería ablandar su endurecido corazón. Y se lo diría.

–Stefano.

–Buenos días –respondió él.

–Tenemos que hablar.

Stefano cerró el periódico y lo dejó encima de la mesa.

–Por supuesto, ¿de qué se trata?

–Cuando ambos acordamos la terapia me dijiste que éramos dos personas distintas. Que el pasado no importaba... Pero eso no era verdad, ¿no? El pasado importa más de lo que creemos, me parece, y tal vez no seamos personas tan distintas de las que éramos. Y no quiero que el pasado nos afecte ni a ti, ni a mí, ni a Lucio.

–Espero que no lo haga...

–Es posible que me hayas contratado, pero no

soy tu posesión. No voy a permitir que me trates como si lo fuera...

–Allegra, te pido disculpas por mi comportamiento de anoche –la interrumpió Stefano–. Yo estaba enfadado por tu comportamiento infantil en la cena y respondí con un comportamiento igualmente infantil. Te pido disculpas nuevamente –sonrió.

–No estoy segura de que sea así. Me parece que hay algo más. No puedes olvidar el pasado, no puedes fingir que no afecta al presente ni al futuro. Yo creí que podíamos olvidarlo, y deseaba que así fuera, pero el ignorarlo sólo ha hecho que todo sea más difícil.

–Eso que dices es una tontería que suena muy psicológica. ¿La aprendiste en tus estudios de psicología a través del arte?

–No, lo aprendí tratando contigo, viendo cómo me tratas. Anoche me di cuenta de que eras el mismo hombre de hace siete años.

Stefano revolvió su café en silencio.

–Piensa lo que quieras –dijo finalmente, con indiferencia.

Y ella se dio cuenta de que su actitud le dolía.

–Da igual. Te pido disculpas y te prometo que no volverá a suceder –agregó Stefano–. Tú estás aquí para ayudar a Lucio. No hace falta que tú y yo tengamos relación.

–No es tan sencillo

–Lo será –dijo él.

–Si no nos ocupamos de nuestros sentimientos...

Stefano se rió.

–Si yo no siento nada por ti, Allegra, ¿no lo recuerdas? Yo te compré. Te traté como a una posesión. Tú misma me lo has dicho. ¿Cómo voy a tener sentimientos por un objeto?

—Pero...

—Si yo no he sentido nunca nada por ti, ¿cómo voy a sentirlo ahora? ¿Tú quieres hablar de sentimientos, Allegra? —la desafió—. ¿Y los tuyos?

—¿Qué pasa con los míos?

—Tú tampoco quieres hablar del pasado, de tu madre, de tu padre... ¿Por qué cortaste toda comunicación con tu familia? Estuviste en el funeral de tu padre menos de una hora... Yo estaba allí... Te vi de lejos, tú no me viste...

—¿Por qué fuiste?

—Yo conocía a tu padre, Allegra. Yo compartí la culpa de su muerte. Él fue un tonto, incluso un inmoral, pero nadie merece sufrir una desesperación semejante.

—No... —ella levantó la mano como si sus palabras la hiriesen.

—Duele, ¿no? Duele recordar, ¿verdad?

—Stefano...

—Te apartaste de todo lo que conocías, Allegra, incluida tú.

—Tú no sabes...

—Porque no podías enfrentarte a ello. No quieres enfrentarlo. Así que no me pidas que yo me enfrente a nada, cuando tú llevas siete años huyendo del pasado...

—¡Esto no tiene nada que ver conmigo! —exclamó Allegra—. ¡Yo no tengo nada que ver!

—¿No? ¿No hay nada que tenga que ver contigo? —hizo una pausa—. ¿Y la muerte de tu padre? ¿No tiene nada que ver contigo? Sé que lo destruiste con tu traición. Y que fue una de las razones por las que se mató.

—¡No! —exclamó ella—. No sabes de qué estás hablando —agregó.

—Sé muy bien lo que estoy diciendo, pero es mejor así, ¿no? Para ambos. Salimos para Abruzzo dentro de una hora.

—De acuerdo —asintió ella.

Allegra se hundió en una silla cuando él se marchó.

El pasado no estaba olvidado, aunque quisieran que así fuera.

Sus vibraciones los seguía torturando.

—Creo que te gustará Abruzzo —dijo él cuando estaban en medio del tráfico—. Es un lugar muy relajante, muy tranquilo. Un buen sitio para que trabajes con Lucio.

—Tengo muchas ganas de llegar y ponerme a trabajar —dijo ella.

—Bien...

Tácitamente acordaron una tregua y Allegra se preguntó cuánto duraría.

Al menos, ambos estaban de acuerdo en que por el bien de Lucio, debían estar en armonía.

Poco a poco se alejaron de las colinas de Roma y fueron apareciendo los campos de azafrán que cubrían el camino hacia su destino.

Stefano se apartó de la autopista y tomó un camino estrecho y sinuoso que atravesaba varios pueblos de montaña.

Era evidente que la región de Abruzzo se había

empobrecido. Aunque ella había visto carteles en la autopista de complejos turísticos, spas y lujosos hoteles, los pueblos no mostraban signos de riqueza.

Después de atravesar los pueblos, salieron otra vez al campo.

–¿Por qué compraste una casa de campo aquí? –preguntó Allegra, rompiendo un largo silencio.

–Ya te lo he dicho, es mi hogar –dijo Stefano flexionando la mano sobre el volante.

–¿Te refieres a que creciste aquí? Siempre he creído que eras de Roma.

–De cerca de Roma –la corrigió–. Estamos a menos de cien kilómetros de Roma, aunque no lo creas.

Allegra no podía creerlo. El paisaje aquél era tan distinto de la riqueza y glamur de la Ciudad Eterna....

Tampoco podía creer que Stefano viniera de aquel sitio. Siempre había pensado que era urbano, nacido para la riqueza y el lujo y poseer el linaje aristocrático y privilegiado.

–¿Tu familia tenía una mansión aquí? –preguntó ella con cautela.

–Algo así –se rió Stefano.

Se adentraron en una carretera más estrecha aún, que era poco más que polvo y canto rodado, y viajaron en silencio durante algunos minutos más antes de llegar a un pueblo pequeño con apenas un puñado de tiendas y casas. Había unos viejos sentados fuera de un café, jugando al ajedrez. Los miraron al verlos pasar.

Stefano disminuyó la velocidad, paró el coche y dijo:

–Espera un momento.

Se bajó, se acercó a los hombres y los abrazó. Parecían granjeros empobrecidos, con aquellos dientes manchados por el tabaco y sus gorras grasientas. Pero era evidente el afecto que sentían por Stefano. Hablaron durante un momento con él en voz alta y llena de excitación. Stefano le hizo señas a ella desde lejos para que se acercase a ellos.

Ella no era una esnob, se había relacionado con las clases sociales más bajas en los siete años que llevaba en Londres. Sin embargo había pensado que Stefano lo era. Después de todo había querido casarse con ella por su apellido y sus conexiones sociales. Pero el verlo allí con aquellos hombres, había cambiado la imagen que tenía de él. Stefano se comportaba con aquella gente como si fuera su familia.

–Por Lucio... –estaba diciendo Stefano cuando ella se acercó–. Va a ayudarlo.

Allegra oyó un coro de gritos de agradecimiento y entusiasmo.

–¡Fantástico! ¡Fantástico! *¡Grazie! ¡Grazie!* –decían.

Y entonces la abrazaron como lo habían abrazado a él, diciéndole *«Grazie» «Grazie»*, agradecidos.

Allegra sintió ganas de llorar por aquella manifestación de afecto y aquella genuina alegría.

Ella les sonrió, y se encontró riendo, devolviendo los abrazos, aunque no supiera el nombre de nadie.

Sintió más que vio a Stefano observarla, sintió tanto su tensión como su aprobación.

Los hombres se negaban a dejarlos marchar si no tomaban algo con ellos.

Hicieron un montón de preguntas: ¿Cuánto tiempo se quedaría ella ¿Conocía a Lucio? ¡Y Enzo, un hombre tan sabio y tan amable! Había sido una tragedia, una tragedia...

Aquellos hombres estaban sinceramente preocupados por Lucio y Bianca. Eran una verdadera familia...

Ella pensó en su familia, en la tristeza y la traición que la había destruido...

Finalmente Stefano se disculpó y volvió al coche. La gente se arremolinó alrededor del vehículo, mujeres vestidas de negro y niños mal vestidos que se reían y golpeaban las ventanillas, excitados.

Stefano tocó el claxon varias veces y se marcharon.

Viajaron en silencio durante algunos minutos, y luego Allegra comentó:

–Esa gente te quiere mucho.

–Son como padres para mí –dijo él.

Y ella se sintió avergonzada por no saber nada sobre la familia de Stefano. ¿Dónde estaban sus padres? ¿Tenía hermanos? ¿Cómo había sido su niñez?

Y deseó saberlo. Se lo preguntaría cuando tuviera oportunidad.

Era muy tarde ya, pensó. Muy tarde para ellos. La única relación que podía existir entre ellos era una relación distante, profesional. Y era una tonta si esperaba otra cosa.

Finalmente Stefano giró y entró en una carretera polvorienta flanqueada por robles que le daban sombra. Allegra divisó una casa de campo medio derruida abandonada a un lado de la carretera, y ella se preguntó por qué Stefano dejaba aquella propiedad destartalada en su propiedad. Al rato la sorprendió una mansión que apareció ante ella.

No era ostentosa, pero parecía cómoda. Begonias y geranios caían de cestos colgados de sus ventanas y coloreaban el frente de la casa.

Una mujer joven y morena con el pelo recogido salió a recibirlos. La acompañaba un niño igualmente moreno, con una actitud extrañamente distante.

–Ésta es mi ama de llaves, Bianca –dijo Stefano–. Y éste es Lucio.

Allegra asintió, viendo al niño a una distancia media y segura.

Salieron del coche y Stefano fue a saludar a Bianca.

Allegra se sintió avergonzada por sentir una punzada de celos.

–Hola, Lucio –Stefano tocó la cabeza del niño afectivamente.

Lucio no lo miró ni dijo nada.

Luego Stefano presentó a Allegra a Bianca, quien agitó la cabeza con esperanzada gratitud.

Allegra se agachó para estar a la altura de Lucio. El niño no la miró, pero ella le sonrió, como si él la estuviera mirando.

–Hola, Lucio. Me alegro de conocerte –dijo Allegra.

Lucio no la miró. Era como si no hubiera hablado.

Allegra no había esperado que le hablase ni que la mirase, sin embargo, su actitud totalmente indiferente, sin apenas una señal de comprensión, era desalentadora.

No obstante, ella permaneció allí, agachada unos segundos. Sabía que Lucio debía ser consciente de su presencia en algún nivel. Y eso era suficiente de momento.

Allegra se puso de pie y Bianca la hizo pasar a la casa. Ésta, sorprendentemente, no tenía el lujo impersonal de la casa de Roma. No tenía signos de riqueza ni de status.

No obstante, era el hogar de Stefano, cómodo y querido.

Bianca los llevó a la cocina en lugar de al salón. Ella se dio cuenta de que aquél era el corazón de la casa. Tenía una mesa de roble a un lado, la cocina al otro y grandes ventanales en las paredes restantes.

Allegra exclamó al ver las vistas. Parecía estar en lo alto de una montaña. Le pareció que podía volar.

–¡Es maravilloso!

–Me alegro de que te guste.

–¿Has construido tú mismo esta casa?

–Ayudé a diseñarla.

–Deben de tener hambre después del viaje. ¿Sirvo el almuerzo, *signor*? ¿Le apetece comer, *signorina*? Pueden comer aquí o en el comedor...

–Aquí –dijo Allegra, decidida.

Miró las montañas, los picos de los Apeninos, y sintió una punzada de felicidad. Le gustaba aquel sitio, pensó. Su serenidad, su soledad. Y el hecho de que supusiera una ventana a la vida de Stefano, al hombre que era ahora. O al hombre que había sido siempre, y al que no había conocido.

Y ella volvió a preguntarse por Stefano, ¿quién era aquel hombre?

Bianca sirvió el almuerzo, y Allegra disfrutó de los espaguetis *alla chitarra*.

A pesar de la insistencia de Stefano y Allegra,

Bianca no quiso comer con ellos, y Lucio siguió sin tener ninguna reacción. No decía nada ni los miraba. Allegra le dijo a Bianca que el niño tardaría unos días en aceptar su presencia, y que hasta entonces, la terapia por el arte, el trabajo real, no podría empezar. Bianca asintió, aunque en sus ojos se notó un brillo de decepción.

Nadie lo decía, pero en realidad todos esperaban un milagro.

Y Allegra se preguntó si no esperaría ella también un milagro de parte de Stefano.

Hacía siete años ella se habría conformado con que Stefano la amase. Ahora quería más: quería comprensión, intimidad, risas... Quería que la tocase con deseo pero sin rabia...

Sin embargo, por el bien de Lucio, no podía esperar nada entre ellos.

Bianca y su hijo se marcharon a sus habitaciones, al fondo de la casa, y Allegra y Stefano se quedaron solos.

Mientras comía la pasta, Allegra dijo:

–Ésta es tu casa... Quiero decir, aquí estás en tu hogar.

–Sí, te he dicho que lo era –dijo él, un poco reacio.

Allegra no quiso insistir en aquel momento.

Después de la comida, Bianca le mostró a Allegra su habitación. Stefano se dirigió al despacho que tenía en su casa a ocuparse de unos negocios.

Ella se detuvo frente a la ventana de su habitación y respiró profundamente, pensando en todos los acontecimientos de las últimas horas.

–Quiero mostrarte algo –oyó una voz. Stefano estaba en la puerta de su dormitorio–. ¿Te gusta la vista?

–Sí.

–Ven conmigo.

Stefano se había puesto detrás de Allegra, y ella sintió su respiración, su presencia. Y tuvo que resistir sus ganas de apoyarse contra él.

Allegra acompañó a Stefano por el pasillo de arriba hacia otra habitación, en la parte que daba al sur de la mansión.

–Es aquí –Stefano abrió la puerta.

No era un dormitorio. Era un despacho. La habitación tenía ventanas en dos lados y era muy luminosa. Tenía todo lo que ella podía necesitar para su trabajo con Lucio: blocs de dibujo, pinturas, pasteles, tizas, pinceles...

Allegra estaba fascinada. Era un detalle de parte de Stefano haber acondicionado tan adecuadamente aquel lugar para que ella pudiera hacer su trabajo con Lucio. Pero también era verdad que todos los materiales del arte que hubiera en el mundo no podrían hacer hablar a un niño. Eso era algo que Stefano no iba a poder comprar.

–¿Te gusta? ¿Será suficiente? –preguntó Stefano con cierto aire de vulnerabilidad.

Ella sintió que su corazón se contraía.

–Gracias, Stefano. ¡Es increíble! –Allegra fue hacia él y le dio un beso en la mejilla poniéndose de puntillas. Y Allegra deseó que él la tocase y la tomase en sus brazos.

–De nada –respondió él.

Ella lo deseaba tanto... Pero él no dio ese paso. Simplemente sonrió.

–Te dejo sola. Estoy seguro de que habrá cosas que tengas que preparar para las sesiones con Lucio. Normalmente cenamos sobre las siete –dijo Stefano.

Allegra se pasó el resto de la tarde leyendo las notas sobre el caso de Lucio. Según Bianca, Lucio había estado durmiendo la siesta cuando murió su padre. Ella le había contado lo del accidente aquella noche, y siempre había hablado de Enzo en términos cariñosos para mantener viva su memoria. Al principio Lucio había reaccionado, había tenido un duelo normal... Luego, lentamente había dejado de hablar y se había apartado física y emocionalmente.

En los meses que siguieron el niño se había retraído aún más, sumergiéndose en su mundo silencioso y seguro. Cuando intentaban sacarlo de él, era como si le dieran a un botón y se agitase y excitase incontroladamente, gritando incoherencias, golpeándose la cabeza contra la pared o el suelo.

Bianca se había visto obligada a sacarlo del jardín de infancia del pueblo y pronto había empezado a ser muy difícil llevarlo a tiendas o a la iglesia. Lucio miraba el mundo como si estuviera en las nubes, y no interactuaba con el medio.

Allegra miró por la ventana las montañas nevadas en su cima. El comportamiento de Lucio era el normal en un niño que estaba viviendo un duelo, pero la duración y la profundidad que mostraba no lo eran.

Un niño en situación de duelo tendría que haber empezado a reaccionar con las terapias, a mejorar, aunque diera dos pasos adelante y uno atrás. Pero Lucio no mejoraba. Iba empeorando lenta pero regularmente.

Estaba preocupada. Había ido allí a ayudar a Lucio. Pero, ¿y si no podía hacerlo? ¿Y si era realmente autista?

¿Y si ella había ido allí por razones egoístas? ¿Por Stefano?

«No», se dijo, agitando la cabeza. No podía ser...

El tiempo pasó mientras Allegra estaba envuelta en sus pensamientos, y de pronto se dio cuenta de que debía ser bastante tarde, porque era casi totalmente de noche.

−¿Allegra?

Ella se puso rígida. Vio a Stefano en el pasillo.

−Está la cena... −se marchó sin esperarla.

Allegra bajó a la cocina. Ésta estaba tibia y acogedora. Bianca estaba sentada delante del fregadero y Stefano estaba cortando un tomate para una ensalada. Estaban charlando y riendo como amigos. Lucio estaba junto a la ventana, golpeando metódicamente el alféizar con una cuchara de madera.

Stefano se dio la vuelta y vio a Allegra. Sus ojos se clavaron en ella. Luego le hizo señas de que entrase y siguiera cortando el tomate.

Comieron todos juntos en la cocina, y aunque Lucio estuvo sombrío y callado, Allegra no dejó de incluirlo en las conversaciones.

Después de la cena, Allegra insistió en ayudar a Bianca lavando los platos. En una actitud típicamente italiana, Bianca echó a Stefano de la cocina.

−No lo queremos aquí, de todos modos. Es trabajo de mujeres y charla de mujeres.

Allegra se rió, e intentó no dar importancia al comentario sexista de Bianca.

−Me alegro de que haya aceptado ocuparse de

Lucio... No debe de haber sido fácil para usted, te-niendo en cuenta...

–¿El qué? –peguntó Allegra.

–Que usted y Stefano estuvieron a punto de ca-sarse.

Allegra se sorprendió.

–No me imaginé que sabrías la historia... –res-pondió Allegra.

–Por supuesto que la conozco. Conozco a Ste-fano desde que yo era un bebé y él era un niño. Cuando su padre murió, mi padre se ocupó de él. Stefano es como un hermano para mí.

Allegra asintió. Ahora comprendía la importancia de Lucio para Stefano, al igual que la de Bianca.

–Sé que usted tuvo sus razones para marcharse, y supongo que habrán sido buenas...

–Sí, lo son. Lo eran. Pero Stefano y yo hemos acordado dejar el pasado atrás. Es mejor para Lucio, y, sinceramente, también para nosotros.

–Decirlo es más fácil que hacerlo –dijo Bianca.

–¿Qué quieres decir?

–Veo el modo en que Stefano la mira... Él la amaba entonces y no sé si no la ama todavía...

Allegra se rió, escéptica.

–Bianca, Stefano jamás me amó. Me lo dijo. Y estoy bastante segura de que no me ama ahora. No... nos conocemos ya. Ni nos conocimos nunca.

–Si así le resulta más fácil... –contestó Bianca.

–Lo es, porque es la verdad.

–Pero, usted lo ama...

–No –se sobresaltó Allegra–. No. Lo amaba hace siete años. Pero ahora, no. Por supuesto el volver a verlo me ha hecho recordar, y sentir algunas cosas, pero no. No lo amo.

Bianca sólo sonrió.

Después de lavar los platos, Bianca fue a acostar a Lucio y Allegra anduvo deambulando por la casa, hasta que entró en el salón, donde Stefano estaba sentado en un sillón de piel, con un libro en la mano.

–¿Estás bien? –le preguntó él cuando la vio.

–Sí, estoy bien. Bianca fue a acostar a Lucio.

–Bien.

–¿Crees que Bianca se volverá a casar? –preguntó Allegra de repente.

–Supongo, a su debido tiempo. De todos modos, no hay muchos hombres aquí... Ya viste a los que estaban en el bar...

–Sí. Bianca me comentó que tú habías vivido con su familia cuando murió tu padre.

Stefano se quedó petrificado.

–Sí, así fue.

–¿Qué le pasó a tu familia? A tu madre, a tus hermanos...

–Se fueron a otro sitio.

–¿Por qué?

–¿Por qué estás haciendo estas preguntas, Allegra?

–Porque me doy cuenta de que debería habértelas hecho antes.

–¿Antes?

–Cuando estábamos prometidos. A los diecinueve años.

Stefano se quitó las gafas de leer y se quedó callado un momento.

–¿Lamentas haberte perdido algo, Allegra?

–No, jamás me arrepentiré de lo que hice, Stefano, porque era lo que tenía que hacer. Habríamos sido una pareja desastrosa.

–Entonces, ¿por qué te importa?

–Trataba de conversar contigo, simplemente.

–De acuerdo, *fiorina*. ¿Quieres que te cuente? Mi padre murió cuando yo tenía doce años. Mi familia no tenía dinero, ni tenía nada, y nosotros fuimos confiados a terceros mientras mi madre trabajaba en una fábrica de fuegos artificiales. El padre de Bianca se ocupó de mí. Fui muy afortunado.

–¿Y tus hermanos?

–Elizabetta se fue con mi madre, a Nápoles, y murió en un accidente en la fábrica. Rosalia se quedó con una tía en Abruzzo, conoció a un mecánico y se casó. Es feliz con su vida. Nunca me pidió nada –se encogió de hombros–. Y la pequeña Bella, que era más joven que yo, no tuvo problemas hasta que empecé a darle dinero, la envié a un colegio interna, le di medios para que tuviera algo mejor, y entonces se dedicó a gastarse todo en droga, algo que la mató... Así que, ya ves, ésa es la historia de mi familia. ¿Satisfecha? –y sin decir nada más, abrió el libro nuevamente.

Allegra lo miró, con el corazón oprimido. No, no estaba satisfecha.

Allegra se acercó a Stefano y puso una mano en su libro.

–¿Por qué no me lo has contado antes?

–¿Cuándo iba a contártelo? No es el tipo de extracción social que pudiera impresionar a tus padres, ni a ti.

–No obstante...

–¿Realmente quieres saber, Allegra? ¿O quieres seguir pensando que soy el elegante príncipe que creías que era?

–No, Stefano. Quería conocer al verdadero Stefano. Yo te amaba...

–Tú amabas al hombre que pensaste que era. Y cuando te diste cuenta de que no lo era, que mis pies eran de arcilla, te marchaste a Inglaterra. Así que, ahórrame todo el melodrama, por favor –Stefano quitó la mano de Allegra del libro como si se tratase de algo desagradable.

Stefano cerró el libro.

–Me voy mañana –anunció con un tono neutro.

Allegra lo miró, sorprendida. Él le devolvió la mirada, indiferente.

–¿Mañana? ¿Por qué tan pronto?

–Es mejor, ¿no crees? No quiero distraerte de tu trabajo con Lucio.

Allegra asintió.

–¿Cuándo vas a volver?

–No lo sé.

–Muy bien –contestó ella, intentando sonar indiferente.

Él sonrió débilmente. Dejó el libro en la mesa, se puso de pie y fue hacia ella. Le quitó un mechón de pelo de la cara y se lo puso detrás de la oreja. Luego le acarició la mejilla. Fue un gesto tierno, como un fénix que se elevaba de las cenizas de su anterior enfado.

Allegra lo miró, y no vio rabia en él, sino tristeza.

–Es mejor así, *fiorina* –susurró–. Para ambos –y apoyó muy suavemente su frente en la de ella.

Allegra sintió su aliento, y notó el aire de lamento que los envolvía.

Quería hablar, pero no podía. En silencio tocó los dedos de Stefano, posados en su mejilla. Luego él quitó la mano y se apartó.

–Buenas noches –murmuró él y se marchó de la habitación.

Capítulo 8

ALLEGRA se despertó por la mañana pensando en Stefano, en su sonrisa triste, en una vulnerabilidad que había tocado su corazón. Se levantó, se duchó y se vistió rápidamente.

Cuando bajó, la mansión estaba en silencio. Vio que Bianca y Lucio estaban en la cocina.

Instintivamente, Allegra buscó a Stefano, y Bianca le dijo que éste había regresado a Roma.

–Volverá dentro de unas semanas –comentó la mujer.

–¿Puedo ayudar con el desayuno? –preguntó Allegra.

–No, no. Está todo hecho –Bianca le sirvió un cappuccino con bollos.

Después del desayuno, Bianca se marchó a otra parte de la casa, y Allegra se quedó con Lucio. Pensaba observarlo los primeros días, y dejar que Lucio se acostumbrase a su presencia. Lucio no la miró siquiera. Siguió haciendo rodar su coche de juguete todo el tiempo, con expresión perdida.

Después de unos minutos, Allegra empezó a hablarle. Primero del coche, luego de las montañas, de la casa... No esperó respuestas; a los pocos segundos siguió hablándole con entusiasmo. Lucio ni la miró, pero al menos toleró su presencia.

Los siguientes días siguieron igual. Allegra se sintió un poco descorazonada. Y Bianca empezó a impacientarse y a angustiarse. Allegra la tranquilizó diciéndole que Lucio necesitaba tiempo. Pero tampoco le creó falsas esperanzas, y le advirtió que su niño podía ser autista realmente.

–Lo sé –dijo Bianca.

–Haré todo lo que pueda... Pero si su silencio y su comportamiento están relacionados con un trauma, nos falta algún dato. La represión emocional es grave y profunda... ¿Has intentado hablar con Lucio sobre su padre? Sé que a veces es más fácil no hablar, pero Lucio necesita una vía para expresar sus sentimientos.

–Hablé con él al principio. Pero se ponía muy mal, y no quería disgustarlo. Luego empezó a quedarse callado, hasta que dejó de hablar totalmente. Para mí también... era difícil hablar de Enzo.

–Por supuesto –dijo Allegra.

–A Lucio siempre le ha gustado dibujar... Cuando Stefano me habló de que hiciera una terapia a través del arte, aun sin saber que usted era una persona con experiencia en un caso como el de Lucio, sentí esperanza. No ha dibujado nada desde que dejó de hablar, pero si usted lo ayuda... lo guía... –Bianca miró a Allegra buscando su aprobación.

Allegra sonrió. Estaba acostumbrada a la mezcla de esperanza y escepticismo de aquellos casos.

–Sí, creo que el arte podría ayudar a Lucio. Pero no sabemos si eso será la llave que lo haga romper el silencio... Pero haré todo lo que pueda –dijo Allegra.

Bianca tenía los ojos brillantes por las lágrimas.

–Duele amar... –dijo Bianca.

–Sí –respondió Allegra.

Al día siguiente Allegra llevó a Lucio al estudio de arte de arriba. Se sorprendió de lo dócil que fue el niño, dejando que ella lo llevase.

El niño miró todos los materiales de la habitación hasta que su mirada se quedó suspendida a media distancia.

–Stefano me ha dicho que te gusta dibujar y hacer cosas artísticas –dijo Allegra–. Tiene muchos dibujos tuyos en su escritorio. ¿Te gusta dibujar con lápices de cera? –Allegra se sentó en el medio de la habitación rodeada de lápices de cera.

Nombró los colores uno por uno. Lucio observó en silencio, sus ojos puestos en los lápices.

–¿Te apetece dibujar? –preguntó Allegra amablemente.

Agarró un folio y lo dejó delante de él y esperó.

Lucio miró el papel blanco un momento, y luego apartó la mirada.

Allegra insistió, conversando alegremente y probando unos trazos. Pero Lucio no hizo nada, no dijo nada.

Pararon para comer y Lucio la siguió en silencio a la cocina.

Allegra estaba frustrada. No había llegado a Lucio. Le había pasado lo mismo que a los demás profesionales que lo habían tratado. Los niños con los que había trabajado solían aceptar trabajar con pinceles, arcilla, plastilina, pintura. Allegra los ayudaba a expresar sus emociones incitándoles a expandir y completar sus dibujos.

No estaba acostumbrada a aquello. Lucio no le

daba nada con lo que pudiera trabajar. Él necesitaba un experimentado psiquiatra o un terapeuta especializado en duelos, no un terapeuta a través del arte que sólo llevaba dos años ejerciendo su profesión, pensó ella.

Sin embargo, no podía dejar a Lucio ahora. Pero cuando Stefano volviera le hablaría de la necesidad de que intervinieran otros profesionales en el caso de Lucio.

No era un trabajo que pudiera hacer ella sola, y sentía el peso de las expectativas de Bianca y de Stefano.

Aquella noche, después de que Lucio se fuera a dormir, Stefano la llamó por teléfono.

Se sorprendió de notar un cierto tono de emoción en su voz.

—¿Cómo va todo? –preguntó.

—Muy lento. No se puede esperar nada todavía. Es pronto.

—¿No ha hablado?

—No. Pero yo no juzgaría el éxito por su capacidad de hablar, Stefano. Si lo que causa los síntomas es el trauma, primero tiene que recordar. Y sentir. No ha sufrido el duelo, y tiene que hacerlo.

—¿Cómo haces para que una persona pueda sufrir el duelo?

—Dándole un espacio donde pueda expresarse –contestó Allegra–. Lucio es un caso extremo, lo confieso –hizo una pausa–. No creo que podamos descartar un diagnóstico de autismo.

Stefano dejó escapar un suspiro.

—Llevas con él menos de una semana.

–Lo sé. Pero no quiero crearte falsas expectativas ni creárselas a Bianca.

–¿Y si descartamos el autismo, qué crees que podría ser la fuente del trauma?

Allegra se mordió el labio.

–Me pregunto si no habrá habido algo más, además de la represión de sus sentimientos, algo que ninguno de nosotros conocemos.

–¿Como qué? –preguntó Stefano, impaciente.

–Algo relacionado con la muerte de Enzo. Podría ser cualquier cosa... Si vio a su padre...

–Imposible. Bianca dijo que estaba dormido.

–Tal vez haya oído decir algo... Un niño pequeño puede malinterpretar un comentario de un adulto y lo oye fuera de su contexto, e incluso culparse de algo...

–¿Crees que se culpa por la muerte de su padre?

–No lo sé –respondió ella.

–Bueno, averígualo –respondió Stefano. Antes de que Allegra contestase agregó–: Lo siento. Sé que estás haciendo todo lo que puedes...

–Lo estoy intentando –susurró ella.

Hubo un silencio cargado de sentimiento y angustia y entonces Stefano dijo:

–Buenas noches, Allegra –y cortó.

Al día siguiente Allegra llevó a Lucio al estudio de arte otra vez. Intentó la sesión con arcilla, pinturas con el dedo y pinturas de cera, pero el niño no mostró interés.

Allegra decidió usar otra estrategia y dibujó algo en un papel, un dibujo para él.

–Ésta es la vista que hay desde mi ventana –había dibujado las montañas, el sol y el cielo simplemente–. Me encanta verla todos los días. ¿Te gustaría agregar algo a este dibujo, Lucio? ¿Qué ves cuando miras tú por la ventana?

Lucio miró el dibujo un rato. Luego bajó la mirada y la clavó en los lápices de cera, y ella contuvo la respiración.

Lucio tomó un lápiz de cera negro y el dibujo. Y entonces sistemática y metódicamente, como hacía todo, no paró de dibujar. Hasta que el dibujo quedó cubierto de negro totalmente.

Allegra lo observó dibujar, su expresión de fiera concentración.

Allegra miró el dibujo. El papel se había rasgado en algunos sitios de la fuerza que había hecho al dibujar.

Lucio había hecho una declaración sorprendente. Se había comunicado. Y el mensaje era claro; claro y terrible.

Lucio estaba atrapado, pensó ella, atrapado y atormentado por recuerdos y emociones reprimidos.

Allegra dejó a un lado el dibujo y puso una mano en el hombro de Lucio. El niño no se encogió, no se movió.

–Cuando murió mi padre, a veces me sentía vacía, como si no tuviera nada dentro. Y otras veces, me sentía tan llena, como si fuera a explotar si no hacía algo... –dijo Allegra.

Ella esperó a que Lucio registrase lo que había dicho. Luego agarró un trozo de arcilla y se lo ofreció.

–¿Te apetece hacer algo con la arcilla? –le preguntó–. La puedes apretar con los dedos, si quieres. Es blanda...

Después de un largo momento, Lucio extendió la mano y tocó la arcilla, acariciándola con un dedo. Luego dejó caer la mano. Y Allegra se dio cuenta de que había sido suficiente por aquel día.

–Podemos trabajar con la arcilla mañana, si quieres –dijo Allegra. Se puso de pie y abrió la habitación para que saliera Lucio.

Aquella tarde, cuando la cima del Gran Sasso estaba dorada, Allegra dio un paseo por la carretera del frente de la casa. Bianca había llevado a Lucio a recoger huevos del gallinero, animada por el pequeño paso, aunque hubiera sido terrible, que había dado Lucio. Allegra se alegraba de poder tomarse un momento de relajación.

El viento silbaba entre los robles, cuyas hojas ya estaban doradas. En la distancia, una vaca mugía melancólicamente y ella oyó sonar su cencerro.

Era un lugar pacífico aquél, pensó, aunque la preocupación por Lucio ensombreciera aquella sensación de serenidad. Se alegraba de que Lucio hubiera empezado a comunicarse. Ese paso podía indicar que no era autista. No obstante, se sentía intimidada por la profundidad del trauma de Lucio, y la cantidad de trabajo que tendría que hacer para ayudarlo a recuperarse, un trabajo que ella no podría hacer sola.

De todos modos, el darse cuenta del dolor y la rabia reprimidos en Lucio le había hecho pensar en sí misma, en sus emociones veladas.

Siempre había sabido que no había querido recordar su vida anterior a su huida a Inglaterra. Pero no había sabido hasta entonces que esos recuerdos guardaban tanto dolor.

No se había dado cuenta hasta que Stefano había vuelto a aparecer en su vida.

Cuando Allegra estaba dando el paseo, vio pasar el coche de Stefano entre los árboles. Se quedó de pie a un lado de la carretera y observó mientras Stefano se acercaba hasta que el coche se detuvo delante de ella. Stefano salió del vehículo y le preguntó qué estaba haciendo.

Allegra le contó que había tenido una productiva sesión con Lucio.

–¿Ha hablado? –preguntó Stefano.

–Ya te he dicho que no es tan sencillo, Stefano. No va a empezar a hablar mágicamente.

Stefano se pasó la mano por el pelo, y Allegra notó lo cansado que estaba.

–Has vuelto –dijo ella innecesariamente–. ¿Por qué?

–Quería ver cómo seguía Lucio.

Allegra asintió, tragó saliva. Se sintió decepcionada.

–Hace mucho tiempo que no vengo aquí...

Ella no comprendió qué quería decir.

De pronto vio a Stefano caminar hacia los árboles. Y la casa derruida que había visto el primer día que habían llegado, antes de ver la mansión.

Allegra lo siguió.

No tenía idea de por qué estaba allí.

–Hace mucho tiempo que no entro aquí. No sé si no es peligroso.

El techo se había caído, las contraventanas no cerraban. Pero él siguió adelante.

Se estaba haciendo de noche. Allegra sintió un frío interior.

–Ésta era mi casa –dijo de pronto Stefano.

–¿Tú creciste aquí?

–Ya te dije el otro día que mi familia no tenía nada.

–Lo sé. Lo que pasa es que no pensé...

Él se rió y dijo:

–¿Que era tan pobre? Bueno, sí, lo era. Créelo. Trabajé duro para perder el acento de campesino, mis modales de campesino.

–Lo conseguiste –sonrió ella–. Cuéntamelo...

–Mi padre era granjero. Teníamos unas cuantas ovejas, un par de vacas. Luego la industria agrícola de esta región se hundió y mi padre dejó nuestra granja para buscar trabajo en las minas de Wallonia, en Bélgica.

–Trabajas en la industria minera ahora, ¿no?

–Sí. Mi padre murió en un accidente en la mina. Cuando creé mi negocio, uno de mis objetivos fue fabricar maquinaria segura para los mineros, impedir que muriesen innecesariamente hombres como mi padre. Y sucedió también que eso me hizo rico.

Se quedaron en silencio. Allegra de pronto se dio cuenta de lo importante que había sido para él tener contactos sociales como los de la familia de ella.

–Supongo que para los negocios debe de haber sido importante tener buenos contactos.

–Sí. Había muchos hombres en Milán y en otros sitios que no querían hacer negocios conmigo porque no tenía sus modales, no había ido a sus colegios y clubs. Yo era un chico tosco de pueblo y ellos lo sabían, aunque yo intentase ocultarlo.

–¿Por qué? ¿Por qué querías ocultar lo lejos que habías llegado? Deberías haber estado orgulloso.

–Me alegra que pienses eso –sonrió él–. Cuando mi padre decidió ir a trabajar a las minas, mi madre se opuso. Ella había oído hablar del trabajo allí. Es una vida dura... Pero él fue porque sabía que ésa era la única forma de dar a su familia lo que necesitaba. La única forma de amarlos.

Allegra lo miró, perdida en sombras y en la oscuridad, y se dio cuenta de cuánto había revelado Stefano con aquella afirmación, sin darse cuenta de ello.

–Y murió en la mina... –dijo ella.

–Sí, tres años más tarde. En todo ese tiempo no volvió nunca a casa. No quería gastar el dinero en el billete de tren.

No había lamento, ni rabia, ni dolor ni tristeza en la voz de Stefano. Sólo orgullo.

–¿No lo echó de menos tu madre? ¿No quería verlo?

–Sí. Pero no importaba eso. Él le dio lo que necesitaba, Allegra. Él estaba haciendo lo que tenía que hacer, porque la amaba.

Allegra comprendió entonces cuál era el modo de amar de Stefano y cómo lo había aprendido.

Y ella le había dicho que su amor no tenía valor. Que no era suficiente.

¿Cómo era posible que dos personas que se habían amado mutuamente no hubieran encontrado la felicidad juntos?

¿Y ahora? ¿Estaban a tiempo todavía?

No tenía sentido hacerse aquella pregunta. Stefano ya no la amaba.

Finalmente Stefano se dio por vencido, y se alejó de su antiguo hogar.

Cuando volvieron cenaron todos juntos, amenamente.

Todo parecía conspirarse para que ella rompiese sus defensas, para que sintiera. Para que recordase.

Y aquella vez ella no quería negarse a sentir, a negarse a dejar fluir los sentimientos.

Quería abrir la caja que había cerrado hacía siete años...

Cuando Bianca fue a acostar a Lucio, Allegra se fue al estudio de arte, se sentó en un taburete y se quedó mirando el dibujo de Lucio.

Pero lo que estaba mirando no era eso, sino su propia vida, reflejada en el niño. Ella tampoco había podido soportar el dolor... No había hecho el duelo de todo lo que había perdido.

Por sus mejillas se deslizaron unas lágrimas.

Stefano entró en la habitación y le puso la mano en el hombro.

–No... No lo hagas... No puedo...

–Sí, puedes –le dijo él.

Ella cerró los ojos. No lloraría delante de Stefano. No podía dejar que viera su dolor. No podía dejarle ver lo poco que había cambiado.

Stefano se agachó delante de ella. Pero Allegra no podía mirarlo. Stefano le agarró la barbilla. Allegra dejó escapar un sollozo, y él tiró de ella hacia su pecho.

Y entonces ella dejó fluir su tristeza, el dolor que había sepultado tanto tiempo, y lloró en silencio.

Se sintió a salvo allí, apretada contra el pecho de Stefano. Se sintió amada, protegida, cuidada de un modo que jamás había soñado.

Y lloró desconsoladamente...

Él estaba en el suelo, acunándola como a una niña, a la luz de la luna.

Se quedaron un rato en silencio. Ella no sabía qué decir. Quería disculparse, pero no sabía cómo explicarle lo que había sucedido.

—Gracias —dijo por fin.

—¿Cómo es que una mujer que ha dedicado su vida a ayudar a los niños a desenmascarar las emociones ha podido ocultar las suyas durante tanto tiempo?

Allegra se rió temblorosamente.

—No lo sé. Supongo que sabía que lo estaba haciendo, pero no me había dado cuenta hasta qué punto...

—Dime, ¿por qué llorabas?

—Por todo. Porque me usó mi padre, porque lo herí. Si hubiera sabido que tenía todas esas deudas... Que necesitaba el dinero...

—¿Te habrías casado conmigo? *Fiorina*, no fue culpa tuya. No puedes culparte de la muerte de tu padre.

—Lo sé. Al menos en mi mente. Pero en mi corazón...

—No podemos controlar nuestro corazón siempre que queremos —dijo Stefano.

—No. Es más fácil no pensar...

—¿Y su funeral?

—Fue muy duro para mí... Y por eso me fui. Pero todavía me duele... Y mi madre... Sé que me usó también. Quería humillar a mi padre, y yo le serví para eso. Y aún me duele haber sido un medio para ello... Y también me dolía pensar que yo no era más que un medio también para ti, a quien yo amaba de verdad.

Las manos de Stefano se detuvieron, luego la apretaron más, y finalmente siguió acariciándola.

–Te amaba tanto... –susurró ella–. Y esa noche, cuando hablamos, me trataste como a una niña traviesa. Como a una posesión. Fue horrible... Y lo peor es pensar que tal vez me haya equivocado... Que tal vez no debería haberme ido... Ahora me atormenta la idea de qué habría sucedido si me hubiera quedado.

–Allegra, no puedes pensar en lo que podría haber sido... Ahora somos distintos.

–¿Sí? –preguntó ella.

–Yo no te habría hecho feliz –dijo Stefano después de un momento.

No había sido el hombre que necesitaba ella, pensó él.

Allegra lo miró. Y entonces él bajó la cabeza y la besó.

Ella respondió con sus labios, su corazón y todo su cuerpo. Le rodeó los hombros abrazándose a él. Stefano la besó con una dulce ternura que le sacudió hasta el alma. Su lengua exploró gentilmente el contorno de los labios de ella, sus dientes, su boca, y ella se aferró a él, deseándolo, necesitándolo.

Sus caricias eran un bálsamo, una bendición, y ella se abrió en respuesta, floreciendo como la más bella y preciada flor.

Stefano dejó de besarla un momento, tomó aliento y la miró, y algo cambió.

Fue un segundo, pero pareció eterno.

Entonces él la volvió a besar, pero aquella vez más ferozmente.

Lo que había sido dulzura se transformó en algo salvaje. La boca de Stefano se hizo dura contra sus labios. Ella le clavó las uñas en los brazos, mientras se desabrochaban botones, se abrían cuellos, y se apartaban ropas...

Una lata de pintura se cayó al suelo y Allegra oyó el ruido de cristal.

¿Cómo había sucedido aquello?, se preguntó, respondiendo aún a los besos de Stefano, besos que eran como una marca posesiva de su boca, como si quisieran castigarla y darle placer a la vez.

El deseo se apoderó de ella, deseo, rabia y dolor, todo junto.

Deslizó las manos por el pecho de Stefano, buscándolo. Oyó su gemido de sorpresa, mezclado con placer y victoria.

Él la echó hacia atrás mientras le subía la camisa y la besaba. Ella gimió.

Él acarició su cuerpo, buscando su piel desnuda, acariciándola magistralmente, y ella gimió de placer al sentir su mano en su pecho, las caricias en su ombligo, en su vientre, y más abajo, de un modo tan íntimo...

Aquello no estaba bien. Ella no quería que fuera así, en el suelo, agresivo y urgente. Ambos estaban enfadados y querían hacerse daño.

La idea era horrible, humillante.

¿Cómo se podía amar a alguien y sentir aquello?

Pero lo deseaba, deseaba a aquel hombre que le había hecho daño y que podía curarla a la vez.

—Stefano... —susurró ella.

Él hizo una pausa. Tenía la respiración agitada.

Se miraron mutuamente un momento y luego Allegra extendió la mano y le agarró la cara.

Stefano gimió y se apartó de ella, ajeno al cristal roto que había debajo de él.

Todo se había roto.

Allí, tumbada y medio desnuda, ella sintió que su dignidad estaba hecha trizas. Y se preguntó si había imaginado la ternura, la comprensión que había habido entre ellos momentos antes.

Ahora lo único que le quedaba era la rabia, el dolor, el miedo.

Y entonces, en el silencio de la noche oyó otro sonido, un gemido que le heló la sangre: Lucio estaba gritando.

Capítulo 9

ALLEGRA se arregló la ropa mientras Stefano hacía lo mismo.

–Lucio... –dijo.

Stefano corrió a las habitaciones de Bianca y Lucio, mientras se seguían oyendo los gritos del pequeño.

Era un sonido aterrador, casi inhumano, como de animal desesperado.

Stefano se detuvo en la puerta de la habitación de Lucio.

Bianca estaba sentada en su cama, tratando de consolarlo.

–Lucio... Por favor, Lucio, soy mamá. Déjame que te abrace...

Pero era como si el niño no la oyese. Tenía expresión de terror, de sus ojos caían lágrimas y su boca se abría en una interminable «o» de miedo.

Bianca se acercó a abrazarlo, pero él la rechazó tan violentamente que ella se habría caído de la cama de no haber sido por Stefano que la sujetó.

–Lucio... –repitió Bianca, sollozando.

Era una escena tétrica, una escena de devastación y tormento.

–Haz algo –dijo Stefano.

Allegra se acercó. Se sentó cerca de Lucio en la

cama, y le puso el brazo en el hombro. Con la otra mano le agarró el puño que esgrimía el niño, y suave pero firmemente se lo volvió a poner en el regazo, donde siguió agitándose.

–Tranquilo, Lucio –le dijo serenamente–. Tranquilo... No pasa nada... No está mal tener miedo... No está mal sentir.

Lucio se puso tenso, su cuerpo seguía temblando, y Allegra se puso en el lugar de Bianca para rodearlo con sus brazos.

–Tranquilo... Sigue si quieres... Tu cuerpo está temblando. Déjalo que tiemble... No está mal llorar... No está mal sentir...

Ella sintió los ojos de Stefano mirándola, y supo que él sabía que ella no sólo estaba hablando de Lucio.

Allegra continuó murmurando, afirmando las emociones que el niño expresaba con su cuerpo y su mente con fuerza inusitada, hasta que por fin Lucio se apoyó en el hombro de su madre, medio dormido. En el último momento antes de dormirse totalmente, miró a Allegra.

–Lo vi –susurró–. Lo vi y corrí –balbuceó Lucio.

Allegra se puso rígida por el shock. Lucio se relajó y se durmió.

Bianca lo abrazó y le acarició el cabello, mientras lloraba silenciosamente.

–Sigue abrazándolo... –le dijo Allegra a Bianca–. Hasta que se duerma totalmente.

–Ha hablado –dijo Bianca, en estado de shock–. Ha hablado. ¿Qué ha dicho? ¿Va a...? ¿Va a estar...? –balbuceó.

–Es un paso en la dirección adecuada –le dijo Allegra–. Eso es bueno.

Allegra miró hacia la puerta buscando a Stefano, pero éste se había marchado.

Allegra caminó por el pasillo con el corazón oprimido. Lucio acababa de empezar el camino hacia su cura, y tal vez ella también.

Necesitaba hablar con Stefano acerca de lo que había sucedido.

Él no estaba abajo. Las habitaciones estaban a oscuras. Buscó en el estudio de arte, y sólo vio pinceles desparramados y un vaso roto.

Después de un momento de duda fue a su dormitorio y golpeó la puerta sin respuesta. Volvió a golpear.

–¿Stefano?

Después de un largo momento, Stefano abrió la puerta.

–¿Está bien Lucio? –preguntó.

–Sé que es duro verlo, pero la liberación de sus emociones reprimidas es definitivamente un paso en la dirección correcta.

–Ha sido una noche horrible para todo el mundo –dijo él con una débil sonrisa.

Parecía decirle: «No vengas. No te acerques».

–Stefano, ¿puedo entrar?

–No creo que sea buena idea.

–¿Por qué no me dejas que me acerque? Ahora que yo te he dejado acercarte a mí, ¿por qué?

Él sonrió. Le tocó la mejilla y bajó la mano.

–Necesitabas contarle a alguien lo que te habías estado reprimiendo... Como Lucio... Pero lo que sucedió entre nosotros después... fue un error. Supongo que tú también te has dado cuenta –dijo él.

–Estábamos enfadados. No estuvo bien. Lo sé, pero...

–Hemos hecho bien en parar. Que Lucio nos hiciera parar...

–¿Por qué? –ella se sintió vulnerable, pero quería saber–. ¿Por qué? Stefano, no quiero que estemos enfadados, pero tal vez ambos necesitemos reflexionar sobre lo que ha sucedido entre nosotros, sobre lo que sentimos...

Ella le hubiera gritado: «Te amo», pero no pudo. No en aquel momento en que él estaba tan distante. Ella no podía soportar otro silencio.

–Allegra, hemos decidido olvidar el pasado, ser amigos. Dejémoslo así.

–¿Es eso lo que realmente quieres?

Stefano se quedó en silencio, un interminable momento en que ella se retorció de ansiedad. Él presintió que ella lo amaba. Pero no dijo nada.

Y cuando Stefano habló por fin, ella deseó que no lo hubiera hecho.

–Sí, eso es lo que quiero –respondió.

Y cerró la puerta en su cara.

Stefano se apoyó contra la pared y oyó la respiración agitada de Allegra.

Le había hecho daño. Lo sabía. Y lo sentía. Lo sentía mucho.

Pero era necesario.

No podía dejar que lo amase, con toda esa esperanza y esa fe en sus ojos brillantes. No cuando ella estaba tan deseosa de creer que él podía darle lo que ella necesitaba.

Él no podía dárselo. Él sabía que no podía. No quería volver a hacerle daño.

No podía hacerla feliz. Su amor no valía nada y sólo la decepcionaría. Y él mismo sufriría una decepción.

Era mejor así.

Cerró los ojos y deseó que ella se marchase antes de que él abriese nuevamente la puerta y la abrazara y la besara y le dijera que le daba igual que no pudiera hacerla feliz. Que la quería igualmente. Y que la tendría.

Stefano puso la mano en el picaporte de la puerta. Y entonces, finalmente, oyó que Allegra se alejaba, decepcionada.

Stefano se apartó de la pared y se hundió en su cama.

Era mejor así.

Allegra se despertó con el cuerpo cansado de dormir mal.

Se incorporó en la cama y encogió sus rodillas hacia el pecho. Había creído durante tanto tiempo que Stefano no la amaba... Él no le había contestado aquella vez cuando ella le había preguntado si la amaba. Y no le contestaría ahora.

Pero había visto su ternura y las emociones contradictorias que sentía. Lo mismo que le había pasado a ella.

Ella lo amaba, y sin embargo se había resistido a ese sentimiento con todas sus fuerzas...

¿Y si a Stefano le pasaba lo mismo?

¿Y si la amaba y no quería hacerlo? ¿Y si tenía miedo de amarla incluso?

¿Y si sentía lo mismo que ella?

Aquel pensamiento era literalmente increíble, pero era maravilloso y aterrador.

Si Stefano la amaba... Lo único que tenía que hacer era hacer que lo admitiese. Que lo confesara.

Una tarea imposible.

Allegra agitó la cabeza. No podía pensar en Stefano. Tenía que concentrarse en Lucio y su recuperación. Y para ello, necesitaba ayuda.

Se duchó y vistió rápidamente y bajó a desayunar.

Bianca estaba en la cocina y Lucio estaba desayunando.

Allegra saludó a Bianca. Ésta tenía cara de cansancio, pero se la veía contenta.

–Hola, Lucio –Allegra se agachó para mirar al niño y le puso una mano en el hombro.

El niño no la miró y se quedó callado un momento, pero Allegra esperó.

Finalmente giró la cabeza a modo de saludo y dijo:

–Hola.

A Bianca se le iluminó la cara. Allegra sonrió.

–¿Te apetece hacer actividades artísticas conmigo hoy?

Lucio volvió a girar la cabeza a modo de asentimiento. Allegra lo aceptó. Era suficiente.

Se sentó a desayunar.

Stefano no estaba. Y ella no necesitó que Bianca le dijera que se había ido a Roma.

Ahora era él quien huía, pensó ella.

Después del desayuno Allegra llevó a Lucio al

estudio de arte. Afortunadamente alguien había limpiado el cristal roto y ordenado los pinceles. ¿Habría sido Bianca? ¿Stefano?

–¿Por qué no echas una ojeada a los materiales, Lucio? ¿Te apetecería dibujar algo? ¿Pintar? ¿Trabajar con arcilla?

Lucio fue tentativamente a las pinturas de cera y seleccionó una verde y empezó a dibujar: hierba. Un campo.

Allegra lo observó en silencio mientras el dibujo y su memoria cobraban forma. Un campo. Una caja roja con círculos negros a un lado... un tractor, pensó Allegra. Un tractor dado volcado.

Y detrás de una roca, una figura. Un niño con lágrimas enormes, grandes gotas negras.

Después de un momento, Lucio le dio el dibujo bruscamente. Tenía una expresión dura, decidida.

–¿Es esto lo que viste, Lucio? –preguntó Allegra suavemente–. ¿Viste a tu padre en el tractor?

El labio del niño tembló y sus ojos se llenaron de lágrimas mientras asentía y decía:

–Yo debía estar durmiendo la siesta... Pero quería ver a papá... Él me miró y me saludó... –dejó de hablar y empezó a temblar.

Allegra le puso una mano en el hombro. Pudo adivinar el resto. Enzo, mientras saludaba a su hijo, dejó de mirar el campo, se chocó con una roca o un árbol, y el tractor había volcado. Lucio lo había visto todo, y aterrado, había salido corriendo.

–Lucio, gracias por contármelo. Sé que no ha sido fácil. Es duro contar la verdad. Pero no fue culpa tuya que muriese tu papá, aunque eso sea lo que sientas. No ha sido culpa tuya...

Lucio se tragó un sollozo, y agitó la cabeza.

–Salí corriendo.

–Estabas asustado. No sabías qué hacer. No ha sido culpa tuya.

Pero Lucio no era capaz de aceptar la absolución que le ofrecía Allegra.

–Quiero ir con mamá –susurró Lucio después de un momento.

–Vamos a buscarla –asintió Allegra y agarró la mano del niño para salir del estudio.

Más tarde, cuando Lucio estaba durmiendo, Allegra habló con Bianca y le explicó todo.

–¿Lo presenció? –Bianca estaba pálida, horrorizada–. ¡Mi pobre Lucio! ¡Y todo este tiempo se lo ha estado guardando!

–Se siente culpable –le explicó Allegra–. Culpable por estar allí en primer lugar, y luego por huir. Tendrá que hablar con un psiquiatra, Bianca. Necesitará una terapia, algo más de lo que yo puedo ofrecerle, para que procese y acepte lo que ha sucedido.

Bianca asintió.

–¿Pero cree... que...? –susurró Bianca.

–Cuanto más apoyo se le dé, más fácil le será aceptar lo que ha sucedido y salir adelante –dijo Allegra.

–Eso espero.

–Yo también.

Se sentaron en silencio, mirando las montañas.

–Me gustaría ir a Milán –dijo Allegra después de un momento–. Para hablar con el doctor Speri. Él es un psiquiatra muy bueno, y sabrá qué debemos hacer con Lucio.

–Haga lo que tenga que hacer.

–¿Sabes cuándo regresará Stefano?

–No lo ha dicho –sonrió tristemente Bianca–. Tenía un aspecto terrible esta mañana, como si no hubiera dormido.

Allegra asintió.

–Yo tampoco dormí bien –admitió Allegra.

–¿Qué sucede? Están enamorados, ¿no?

Allegra se quedó callada un momento. Sí, estaban enamorados. Tenía que creer que Stefano la amaba.

–A veces, el amor no es suficiente –respondió Allegra con tristeza.

–El amor es siempre suficiente –protestó Bianca.

Y Allegra deseó que fuera verdad.

Pero no lo había sido hacía siete años.

Ella había hecho bien en marcharse. Porque no podría haber hecho feliz a Stefano, y ella habría sido desgraciada con él.

Era curioso, ahora ella sentía que él podía hacerla feliz, y que ella podía hacerlo feliz a él, si él se lo permitía.

Allegra se marchó a Milán al día siguiente por la mañana. Bianca la llevó a la estación de tren de L'Aquila con Lucio en el asiento de atrás. Era la primera vez que el niño salía de la mansión en meses, y Allegra estaba contenta de que hubiera aceptado ir con ellas.

La entrevista con Speri fue muy satisfactoria. El psiquiatra estaba impresionado por los logros de Allegra y su capacidad, y aceptó la necesidad de poner a Lucio en manos de otros especialistas también.

Pero el motivo por el que había ido Allegra a Milán no era sólo Lucio. Allí vivía su madre, y después de ver al psiquiatra tomó un taxi hasta un barrio sofisticado y elegante, a minutos de Via Montenapoleone.

Era donde vivía su madre.

Allegra tocó el timbre. No sabía si su madre estaría en casa. O si querría verla.

Oyó pasos y se preguntó quién abriría la puerta.

—Bueno, bueno, bueno —dijo su madre con una sonrisa burlona al abrir—. Ha vuelto la hija pródiga...

Su madre estaba mayor y más maquillada, teñida de rubio platino y con botox en la cara.

—Hola, mamá. ¿Puedo pasar?

—Por supuesto... —su madre la hizo pasar a un salón elegante e impersonal.

Allegra se quedó en medio de la habitación mientras su madre se sentaba en un sofá de piel blanco.

—Adelante, ponte cómoda —dijo Isabel.

Allegra se sentó en la punta de una silla antigua.

—He venido porque... quiero hacer las paces contigo.

Su madre dio una calada al cigarrillo que tenía en la mano.

—Muy conmovedor.

—He estado enfadada contigo y con papá durante mucho tiempo. De hecho no me di cuenta de cuán enfadada estaba hasta hace poco tiempo, y quiero arreglar las cosas.

Su madre alzó las cejas.

—Debe ser muy cómodo culpar a otra gente de los errores de uno.

—¿Qué quieres decir?

—Pienso que no puedes creerte realmente que yo fui la culpable de que huyeras y dejaras plantado a tu pobre prometido hace siete años, ¿no?

–No. Acepto la responsabilidad de lo que hice. Elegí irme, aunque tú me ayudaste a tomar esa decisión. Yo estuve a punto de volverme...

–Pero no lo hiciste, y no deberías haberlo hecho –la interrumpió Isabel–. Allegra, tú pensabas que Stefano era tu príncipe azul. Cuando te diste cuenta de que no lo era, lo dejaste. Es así de sencillo.

–No fue así de sencillo. ¡El matrimonio estaba arreglado y nadie me lo dijo!

–¡Oh! ¿De verdad? ¿Y tú creíste que Stefano había aparecido en tu fiesta por arte de magia? ¿Y que quería bailar contigo, estar contigo, una patética criatura, sólo por ti?

Allegra se forzó a mirar a su madre, aunque le doliese lo que decía.

–Sí, lo creí. Ahora me doy cuenta de lo inocente que era... Nadie me advirtió nada...

–¿Y por qué lo habríamos hecho? Stefano era atento contigo, amable y considerado. Es posible que entonces no te amase, pero el amor podría haber surgido con el tiempo.

–¿Y por qué no me lo dijiste en su momento?

–Te lo dije, pero no era suficiente para ti.

–Tú me ayudaste a marcharme. Me dijiste que tú en mi lugar te habrías marchado...

–Y lo hubiera hecho. Yo lo hice al final. Pero tu padre era un hombre muy diferente a Stefano. Cruel, mezquino e infiel.

–¡Tú dijiste que Stefano sería igual! Que al final me alegraría de que se fuera con otras mujeres...

–Yo hablé por mi experiencia –dijo Isabel–. ¿Y qué importa? Tú elegiste por ti misma, Allegra. Elegiste escucharme. Acéptalo.

–Stefano me trataba como a una posesión suya, como a una niña...

–Lo eras –dijo Isabel riendo–. ¿Cómo te iba a tratar si no?

Allegra agitó la cabeza.

–No, no habría funcionado. No habríamos funcionado. Tú habrás usado la situación para avergonzar a papá, pero yo no me equivoqué en lo que hice.

–Me alegro mucho por ti –dijo Isabel.

–¿Por qué? ¿Por qué quisiste avergonzarlo? –preguntó Allegra.

–Porque él me avergonzó cada día de nuestro matrimonio –contestó su madre, dolida, algo que Allegra jamás había visto en ella–. Y yo al final pude avergonzarlo... delante de quinientas personas... Estaba sudando en su traje... ¡Fue estupendo!

Allegra vio a su madre sonreír recordándolo.

–¿De qué estás hablando? Yo te dije... Tú dijiste... ¡que le darías la nota a Stefano antes de la ceremonia! Para que no se sintiera avergonzado...

–Cambié de parecer –dijo Isabel.

–¿Qué? ¿Quieres decir que Stefano fue a la iglesia pensando que yo iba a estar allí? ¿Que esperó?

Isabel sonrió.

–Fueron ambos. A mí me daba igual Stefano, aunque a ti sí te importase. Pero sí, esperó allí –se rió–. ¡Y todos sus parientes campesinos también esperaron! Yo sabía que Stefano tenía dinero, pero su familia evidentemente creció en una granja de cerdos... Su madre era una campesina... se vestía de negro... Tenía un aspecto horroroso.

–¡No hables de ellos así! –exclamó Allegra.

Recordó a la gente del pueblo, besándola, abrazándola.

Todos habían estado allí, Bianca también, y habían sido testigos de la humillación de Stefano.

¡Y ella que le había dicho que lo único herido aquel día había sido su orgullo! ¡Y de qué modo lo había herido!, pensó ella.

–¡No me digas que no lo sabías! –exclamó su madre–. George o Daphne podrían habértelo dicho...

–No –ella no había querido que nadie le hablase de la boda.

–Bueno, pues Stefano esperó horas, incluso después de que se hubieran ido los invitados... Tu padre ya había empezado a beber, a pedir dinero, a pedir ayuda para sus deudas... Si me hubiera dado cuenta de su situación... ¡Yo no saqué ni un euro!

–Papá se pegó un tiro –dijo Allegra con temblor en la voz y lágrimas en los ojos.

–Sí, lo sé. Yo estaba con él, ¿no lo recuerdas? Tú, no estabas. Al final, era un hombre patético, acabado...

–¡Como tú eres una madre acabada! ¿Cómo pudiste hacerle eso a Stefano...? ¿A mí?

–¿Y ahora qué importancia tiene? ¡A ti no te importó avergonzarlo dejándole una nota, una nota que ni siquiera eras capaz de escribir! ¡Y me culpas a mí!

–Yo no quería hacerle daño –susurró Allegra.

–Sí. Es posible que no pudieras admitirlo, pero sí querías hacerle daño. Querías hacerle el mismo daño que él te había hecho a ti diciéndote que no te amaba. Yo sólo te ayudé a hacer lo que querías.

–No...

Aunque fuera cruel el modo en que lo decía su madre, ella oyó la verdad. Lo sabía...

No le extrañaba que Stefano no quisiera amarla. Ella lo había tratado muy mal.

Era verdad que él la había herido, pero ella tenía que perdonarlo, y él tenía que perdonarla.

Sólo entonces podrían seguir adelante. Sólo entonces el amor, el maravilloso y doloroso amor, podría ser suficiente.

–Gracias, por mostrarme todo con tanta claridad –dijo Allegra–. No volveremos a vernos.

–Bien –respondió Isabel con indiferencia.

–Siento pena por ti –dijo Allegra cuando estaba al lado de la puerta de entrada.

Isabel la miró sin comprender.

–No puedes ser feliz –agregó Allegra a modo de explicación.

Por un momento la cara de Isabel pareció quedarse sin su máscara, y mostrar un gesto desolado. Pero pronto recuperó la compostura, y se encogió de hombros con indiferencia.

–Adiós, mamá –dijo Allegra al marcharse.

Durante todo el viaje de regreso a L'Aquila Allegra pensó en todo aquello.

El pasado no estaba olvidado hasta que no estaba perdonado, reflexionó. Pero no era fácil perdonar, lo mismo que amar.

Cerró los ojos, preparándose para la temida y añorada confrontación.

Allegra volvió en taxi a la mansión desde la estación.

Sintió que volvía a casa.

Su hogar estaba donde estuviera Stefano. Pero no sabía cuándo volvería él...

No obstante, ella podía esperar, y, si era necesario, ir a buscarlo. Necesitaba confrontarse con el pasado. Y repararlo.

Bianca la saludó con un abrazo cuando el taxi llegó a la mansión, y hasta Lucio fue a su encuentro y le tocó la mano, sonriéndole tímidamente.

Cuando estuvieron en la cocina tomando un café, Allegra le explicó a Bianca lo que le había dicho Speri.

–Hay psiquiatras y terapeutas en la región que pueden ocuparse de Lucio, en L'Aquila, y un terapeuta especializado en duelos –sonrió Allegra y apretó la mano de Bianca–. No será fácil, pero lo ayudarán.

Bianca asintió.

–Jamás esperé que fuera fácil. Pero me alegro de que finalmente podamos hacer algo. Gracias.

Allegra sonrió y miró a Lucio jugar en el suelo con su concentración habitual. Y supo que no sería fácil.

Bianca no sabía nada de Stefano, pero aseguraba que volvería.

Stefano no había llamado por teléfono ni había escrito. No había vuelto a casa, y ella no sabía qué estaría haciendo.

Allegra pasó los días con Lucio en la villa dedicando parte de las jornadas para ir a ver a los terapeutas a L'Aquila con Bianca y Lucio.

Lucio hablaba, poco, pero Allegra era optimista. Se curaría.

Una semana más tarde de su viaje a Milán Allegra decidió irse nuevamente. Lucio la necesitaba menos, puesto que veía a un psiquiatra con regularidad y había vuelto a ir al jardín de infancia.

Aunque no le gustaba la idea de irse de la villa y dejar a Lucio, sabía que el niño podría tolerar su ausencia, y ella necesitaba encontrar a Stefano.

Tenía dos formas de contacto. Iría primero a su casa de Roma... Y si no se comunicaría por su dirección de correo electrónico.

Cuando su maleta estaba a medias, ella oyó el ruido de la puerta. Levantó la mirada, y de pronto vio a Stefano con cara de amargura diciendo:

—Así que huyes otra vez...

Capítulo 10

ALLEGRA se quedó petrificada:

—¡Stefano!

Él tenía gesto de tristeza, de rabia, de amargura.

—Te estabas marchando sin siquiera decirme dónde ni por qué. Debería habérmelo imaginado. Lo he estado esperando todo el tiempo...

Allegra tardó un momento en darse cuenta de lo que estaba diciendo.

—Stefano, no, no, esto no es...

—¿Por qué, Allegra? ¿Por qué después de todo este tiempo no eres capaz ni de dar una explicación? ¿De mantener una conversación cara a cara? ¿O es que no te importa?

—Sí me importa.

—Tienes una forma muy rara de demostrarlo... Vete, entonces... Vete y no vuelvas.

Ella respiró profundamente para serenarse y tomar coraje.

—Stefano, no me voy a ningún sitio.

Él no contestó.

—Yo iba... Había planeado ir a Roma... a buscarte. Para decirte...

—No importa —dijo él fríamente—. Si te digo la verdad, no me importa —pasó por su lado con indiferencia. Se quedó al lado de la puerta y Allegra se dio cuenta de que estaba esperando que ella se marchase.

–¡Sí que te importa! –exclamó ella–. ¡Acabas de demostrarme que te importa!

–Estaba decepcionado, ¡por Lucio! Creí que él te importaba más, que incluso tu trabajo...

–No, Stefano. No se trata de Lucio. Se trata de nosotros –dijo Allegra con voz temblorosa–. No sólo te importa Lucio. Te importo yo. Y ahora me doy cuenta de que siempre te he importado.

Stefano se quedó callado un momento. Allegra esperó que la mirase.

Cuando lo hizo, levantó una ceja y dijo con tono cínico:

–¿Ah, sí? Pero si yo te traté como a una posesión, Allegra, ¿no lo recuerdas? Como a un objeto. Tú misma me lo dijiste... –se acercó a ella.

Ella no se movió. No huiría aquella vez...

–¿Qué te hace pensar que me importas, Allegra? –preguntó él.

Extendió la mano y le tocó la mejilla. Luego la deslizó hacia su pecho.

Allegra tembló, pero no se movió. Él la quemó con la mirada y quitó la mano con disgusto.

–¿O estás tan desesperada que te has convencido a ti misma a pesar de la evidencia que prueba lo contrario?

Allegra se puso colorada. Luego pálida.

–Dices estas cosas porque estás enfadado.

–¿Enfadado? Me he enterado de que has hecho grandes progresos con Lucio, ¿por qué iba a estar enfadado? Has hecho todo lo que te he pedido.

–Stefano, no se trata de Lucio... Ya te lo he dicho, se trata de nosotros. Y sí, estás enfadado. Lo vi aquella primera noche en la boda de Daphne. Está en tu mirada.

–Esto suena muy melodramático –comentó él.

–Lo sentí la noche después de la fiesta en Roma. El modo en que me tocaste... –siguió ella.

–Como a una posesión, como dijiste tú –la interrumpió Stefano–. Bueno, es verdad, ¿no? Todo lo que has dicho es verdad.

Sonó a condena, tanto de sí mismo como de ella, porque ella había pensado lo peor de él.

Excepto ahora.

–Stefano, por favor, escúchame. He hablado con mi madre hoy...

–¡Qué tierno!

–Mi madre me ha dicho que tú me esperaste en la iglesia... –él se rió sin poder creerlo.

–Por supuesto que lo hice, Allegra. Nos íbamos a casar, ¿no lo recuerdas?

–¿Me creerías si te digo que yo no lo sabía? ¿Que yo le pedí a mi madre que te diera una carta antes de la ceremonia? Yo no quería humillarte de ese modo, delante de todo el mundo...

–No sé por qué estás hablando de todo esto ahora. Ya no importa –Stefano la miró con ojos de reproche.

–Tienes razón. No importa que yo hubiera querido darte una nota antes de la ceremonia, porque me marché. Dejé a todos esperando. Fui egoísta. Cuando te oí hablar con mi padre, y luego hablaste conmigo, fue como si fueras un hombre diferente, uno que casi me daba miedo. Y cuando te pregunté si me amabas y no me contestaste, asumí que no lo hacías –Allegra hizo una pausa después del esfuerzo de su confesión, mientras él ponía cara de indiferencia.

¿Por qué tenía que ser tan duro aquello?

–Debí decirte lo que estaba sintiendo en aquel momento. Pero era una niña, Stefano. Y te amaba como una niña. Tú tenías razón. Me di cuenta de que no eras mi príncipe azul. Y salí corriendo. No pude enfrentarlo y huí. Pero ahora soy una mujer, y te amo como una mujer, y no voy a huir.

Un brillo pasó por los ojos de Stefano. Su boca se torció y luego él se acercó a la ventana.

–Stefano...

–Hubo una vez... en que habría dado cualquier cosa por oírte decir eso. Pero ahora, no.

–Sé que tengo que pedirte que me perdones –dijo ella con voz temblorosa–. Sé por qué has estado tan enfadado, y tenías derecho a estarlo, Stefano. Cuando te imagino de pie, esperando allí, con toda tu familia... –ella se interrumpió, y empezó a llorar–. Lo siento. ¡Lo siento mucho! ¿Puedes perdonarme?

Stefano seguía de espaldas. Se irguió y pasó su mano por el cabello. Luego agitó la cabeza.

–Tienes razón. He estado enfadado. Como tú. Me opuse a mis emociones, a mis recuerdos. Me convencí de que no sentía nada por ti, que nunca había sentido nada. Casi me convencí de que sólo te quería por tu apellido.

Allegra contuvo la respiración. Esperó.

–Casi lo logré –siguió él–. Me casé con Gabriella y pensé que podía estar bien. Pero nos hicimos desdichados el uno al otro. Cambié algo profundo y real por algo falso y vacío. No quería un matrimonio sólo por el apellido. No quería una posesión. Te quería a ti. Quería amor.

Allegra no sabía qué decir.

—Pero no era profundo y real lo nuestro, ¿no? Porque se rompió al primer golpe —agregó él.

Ella quería negarlo, pero no podía.

—Sé que tú pensabas que yo no te amaba, y que te consideraba un objeto... Y ahora sé que mi amor tenía muchos fallos... Tal vez, en cierto modo, eras para mí lo que tú decías... Me cuesta recordarlo ahora... Pero cuando te volví a ver, no estaba preparado para sentir nada, incluso seguía tratando de convencerme de que no sentía nada por ti, y cuando te vi... y volví a desearte... Noté que a pesar de tu deseo me despreciabas.

—Yo no...

—Ahora no tiene importancia —dijo Stefano—. Así que, sí, te perdono, Allegra, ya que parece que necesitas escucharlo. Te he perdonado hace mucho tiempo. Sé que eras joven y estabas asustada, influida por tu madre. Pero, ¡por Dios!, no soy un monstruo... No lo era entonces, aunque tú lo creyeras.

—Yo no... —dijo ella.

—Aquella forma en que me mirabas... Supe que te habías dado cuenta de que no era tu príncipe, y que te cuestionabas qué tipo de hombre era... ¿Para qué me preguntaste si te amaba, si estabas tan segura de que no lo hacía?

—¿Me amabas?

Él se rió.

–¿No lo sabes ni ahora? ¿Aun ahora tienes que preguntar? –Stefano se dio la vuelta y la miró–: Pero por supuesto que tienes que preguntar. ¡Porque el amor que yo puedo darte no tiene valor para ti! No te alcanza, Allegra. Ni hace siete años ni ahora. No puedo darte lo que quieres ahora. Tú me lo has demostrado, me lo has dicho. Aun hace un momento... –se pasó la mano por la mandíbula–. He venido de Roma a decirte que te amo, pero al parecer tú lo has adivinado... Pero no importa. Lo nuestro no funcionará, Allegra. El amor no es suficiente.

Era lo que ella le había dicho a Bianca, lo que ella creía. Pero ahora sabía que no era verdad. Lo sabía con su cuerpo y su mente y su corazón: el amor era suficiente.

–El amor es suficiente cuando es sincero, Stefano, como ahora, y cuando se puede perdonar. Y cuando lo acompañan todas las cosas que tú puedes darme, que ya me has dado... Me has mostrado cuánto me amas cuando me tomas en tus brazos, y me enjugas las lágrimas. Y cuando miras a Lucio... Y cuando abrazas a esos hombres... Cuando hablas de tu familia, Stefano... Tu amor es suficiente.

Él agitó la cabeza, pero ella lo detuvo cuando fue hacia él. Estaba segura de que se amaban.

Y eso era suficiente. Y lo sería.

Allegra se puso de puntillas y le agarró la cara con las manos.

–La única pregunta que tengo que hacerte es ésta: ¿Es suficiente mi amor para ti? –preguntó Allegra.

Stefano se rió débilmente a modo de asentimiento.

–Sí –susurró–. Sí.

Ella nunca se había sentido tan protegida, tan cuidada como en brazos de Stefano.

Todo fue diferente aquella vez.

Allegra estaba sonriendo de pie en el vestíbulo de la pequeña iglesia. En lugar de llevar encaje, llevaba un traje de seda color marfil y el cabello suelto como oro. En sus orejas lucía un par de pendientes de diamantes que brillaban a la distancia.

Sintió una manita en su vestido y desvió la mirada hacia Lucio. Le sonrió y él le devolvió la sonrisa. Lucio llevaba tres meses haciendo terapia y estaba mucho mejor.

Había sólo un puñado de personas en la iglesia, ninguno de renombre, porque ninguno de los dos quería un espectáculo, sino una ceremonia.

–¿Estás lista? –preguntó Matteo, el padre de Bianca.

Allegra lo agarró del brazo.

Sonó el órgano, pero Allegra apenas lo oyó por la emoción. Stefano estaba al final del pasillo, con los ojos brillantes de amor, esperándola.

Y el corazón de Allegra se llenó de orgullo.

Prometieron amarse y ser fieles, en la alegría y en la pena, en la salud y la enfermedad, hasta que la muerte los separase...

Y Allegra supo que aquellas promesas eran sinceras.

Hubo una cena en la mansión. Luego Bianca y Lucio se fueron a pasar la noche a casa de su padre.

Stefano quería llevarla a un hotel, a algún lugar lujoso, pero Allegra prefirió estar en su hogar con él.

Allegra miró la vista de la montaña. Nunca se cansaría de ello.

Stefano se puso detrás de ella y le besó la nuca. Y ella se estremeció.

Se dio la vuelta para besarlo, y él la besó profundamente, con una pasión intensa y tierna.

Ella lo miró a los ojos. No había sombras ni dudas.

–Ven –le dijo Stefano, entrelazando sus dedos a los de ella, para llevarla a la cama de matrimonio.

Bianca™

Las reglas de él: la vida es mucho más placentera con alguien calentándote la cama… Y el matrimonio y los niños no entran en el plan.

Cuando la joven e inocente Faith llegó a su lujosa estancia argentina, Raúl pensó que era la amante perfecta.

Vestida con diamantes por el día y entre sus sábanas de seda por las noches, Faith se vio arrastrada por el lujoso ritmo de vida de la alta sociedad argentina. Pero entonces descubrió que, accidentalmente, había hecho una de las cosas que Raúl le había prohibido…

Faith tenía que hacer frente a Raúl y contarle que estaba embarazada…

Planes rotos

Sarah Morgan

¡YA EN TU PUNTO DE VENTA!

Acepte 2 de nuestras mejores novelas de amor GRATIS

¡Y reciba un regalo sorpresa!

Oferta especial de tiempo limitado

Rellene el cupón y envíelo a

Harlequin Reader Service®
3010 Walden Ave.
P.O. Box 1867
Buffalo, N.Y. 14240-1867

¡Sí! Por favor, envíenme 2 novelas de amor de Harlequin (1 Bianca® y 1 Deseo®) gratis, más el regalo sorpresa. Luego remítanme 4 novelas nuevas todos los meses, las cuales recibiré mucho antes de que aparezcan en librerías, y factúrenme al bajo precio de $3,24 cada una, más $0,25 por envío e impuesto de ventas, si corresponde*. Este es el precio total, y es un ahorro de casi el 20% sobre el precio de portada. !Una oferta excelente! Entiendo que el hecho de aceptar estos libros y el regalo no me obliga en forma alguna a la compra de libros adicionales. Y también que puedo devolver cualquier envío y cancelar en cualquier momento. Aún si decido no comprar ningún otro libro de Harlequin, los 2 libros gratis y el regalo sorpresa son míos para siempre.

416 LBN DU7N

Nombre y apellido	(Por favor, letra de molde)	
Dirección	Apartamento No.	
Ciudad	Estado	Zona postal

Esta oferta se limita a un pedido por hogar y no está disponible para los subscriptores actuales de Deseo® y Bianca®.
*Los términos y precios quedan sujetos a cambios sin aviso previo.
Impuestos de ventas aplican en N.Y.

SPN-03 ©2003 Harlequin Enterprises Limited

Jazmín™

Se busca padre
Claire Baxter

Estaba siendo seducida por un playboy italiano

Aunque la escritora australiana de viajes Lyssa Belperio estaba sola y embarazada, estaba deseando ser madre, y una oferta de trabajo en la costa amalfitana de Italia le dio la oportunidad de volver a comenzar.

Ric Rosetti, un afamado jugador de fútbol, enseguida se dio cuenta de que Lyssa era diferente a las mujeres glamurosas con las que solía salir. Ella no se dejó impresionar por su fama y fortuna, así que el único medio por el que Ric podía ganarse el corazón de Lyssa era mostrándole al hombre que había detrás de los titulares.

¡YA EN TU PUNTO DE VENTA!

Deseo™

Superando secretos

Emilie Rose

Ocho años después de que él le destrozara el corazón, Andrea Montgomery decidió vengarse comprando a Clayton Dean en una subasta benéfica de solteros. Estaba decidida a impresionarlo y tentarlo, pero tener a Clay tan cerca pronto le hizo darse cuenta de que no era ella la que manejaba los hilos.

Clay sabía por qué Andrea había pujado tanto por conseguirlo: quería respuestas, entender por qué él había puesto fin a su relación. Pero la verdad podía ser devastadora...

Ambos podían verse obligados a pagar un precio muy alto

¡YA EN TU PUNTO DE VENTA!